国家出版基金项目
NATIONAL PUBLICATION FOUNDATION

U0640943

中国精神 「我们的故事」

『深潜』院士

——『蛟龙』号总设计师徐芑南的故事

李炳银 主编

许晨 著

希望出版社

徐艺南院士正在给大家介绍"蛟龙"号的相关情况。
（国家海洋局/提供照片）

深海是地球矛盾的一极，有许多奥秘，等待大家去探索！

徐芑南

古人云："童蒙养正，少年养志，壮年养德。"人的一生中，青少年时期正是选择人生目标和树立远大志向的关键时期。然而，"未来要成为什么样的人""未来要过什么样的人生"，对青少年来说，可真不容易说清楚。在他们的成长过程中，如果能看到、听到或者了解到一些优秀人物的人生经历，并能以他人为榜样树立正确的世界观、人生观和价值观，那无疑会是开阔胸襟、拓宽视野、丰润生命的很好途径。

"中国精神·我们的故事"这套丛书，正是专为青少年创作出版的一套讲述中国故事、展示中国智慧、弘扬中国精神的优秀励志读物。我们甄选出当下中国鼓舞人心、提振国威的一些重大题材，并邀请作家深入一线亲自采访，把那些为了祖国伟大事业而无怨无悔付出的优秀人物的感人经历，用精彩的情节和细腻的描写呈现出来。虽然每个人物身份不同，所从事的事业也不同，然而，无一例外地在他们身上集中体现出了这样的特点：

他们是典型生动的当代人物；

他们拥有非同一般的毅力和热忱笃定的坚守；

他们各有所长且卓有建树；

他们的故事，让我们由衷感受到中国精神的力量。

中国精神，意在阐述当代中国人深沉热烈的爱国精神和与时俱进的改革创新精神。中国精神，让世界上其他国家看到了中国智慧、中国道路、中国力量的强劲内驱力。对青少年来说，学习这种精神，就是要少年立志，长大后争做爱国、敬业、诚信、友善的新一代公民，为中华民族的伟大复兴而努力付出！

"可上九天揽月，可下五洋捉鳖"，这是中华民族千百年来的梦想，如今经过一代代人的艰苦奋斗，已经成为活生生的现实。本书的主人公徐芑南——中国载人潜水器"蛟龙"号的总设计师，就是这样一个带领着精益求精的科学团队，向着大洋深处挑战并取得辉煌胜利的勇士！

相较于南极、北极为地球最远端的第一极、第二极，珠穆朗玛峰是最高点的第三极之外，马里亚纳海沟被称为最深点第四极！古往今来，神秘的海底世界充满了吸引力和诱惑力。令人惊悚的海怪、紧扣心弦的传说，还有埋藏其间的种种宝藏，构成了一个又一个的地球之谜。人们只有研制出可以在千米水下畅游的潜水器，才能解开这些谜团。

　　从20世纪中叶起，深海洋底陆续出现了美国、法国、俄罗斯、日本等国科学家的身影。我国是一个海洋大国，但由于历史的原因，还不是海洋强国。几十年来，徐芑南一直专心致力于中国的深潜事业，直到在科技部、国家海洋局领导下，与科研团队一起将最先进的"蛟龙"号成功送入海底，进行自主科学考察。由此，我国成为世界上第五个掌握深海载人技术的国家，而且一举创造了同类型潜水器的深潜世界纪录！

　　2013年12月，徐芑南被增选为中国工程院院士。

目 录

序　章

海底奥秘

"在深不可测的海底，

北海巨妖正在沉睡。

它已经沉睡了数个世纪，

并将继续安枕在巨大的海虫身上。

直到有一天海虫的火焰将海底温暖，

人和天使都将目睹，

它带着怒吼从海底升起，

海面上的一切将毁于一旦……"

　　亲爱的少年朋友们，这段类似咒语一般的诗句写在几
千年前的一份羊皮纸簿上。作者是生活于9世纪，多次阻

遏丹麦大军入侵英伦三岛的英格兰国王阿尔弗雷德大帝。他说这些话，并不是虚张声势、危言耸听，也不是天马行空、胡思乱想，而是反映了当时人们对于神秘大自然的不解和恐惧。

海洋，是个浩瀚无际、变化莫测的地方，尤其在汹涌海水覆盖下深浅不一的海底，潜藏着许许多多人类所不知晓抑或从未涉猎过的生物和矿藏。古时科学不发达，对于种种奇怪的现象无法解释，随之产生了一些可怕的神话传说。

北海巨妖，即北欧传说中的挪威海怪，或称海洋巨蟒，通常至少有30米长，平时伏于海底，偶尔会浮上水面。有时水手会将它庞大的躯体误认为是一座小岛。这种海怪有着巨大的触角，可以将一艘三桅战船拉入海底，因而说起它来，人们往往会不寒而栗。那么，这种言之凿凿的传闻是真的吗？

早期关于挪威海怪具有代表性的描述之一，记载在瑞典人雅各·沃伦伯格1781年所著《我的儿子在渡船上》一书中：

"克拉肯（即挪威海怪），又称为螃蟹鱼，并不是那么大，加上头和尾也没有我们的奥尔兰岛大。它住在海底，被无数的小鱼包围着。这些小鱼以它的排泄物得到喂养，也以作为它的食物来回报。当克拉肯渐渐上升至水面时，就像是浮动的小岛，然后从它那可怕的鼻孔里喷出水来，在周围产生环状水波，可以延伸至好几英里（1英里≈1.6093公里）开外……"

　　至于它们存在与否，科学家争论了几个世纪。直到1873年，在纽芬兰岛附近的海湾，船员发现一个大家伙正漂浮在离岸边不远的水面。他们想看个究竟，于是划船过去。一开始，他们以为那是一艘沉船的残骸，试图将它拉上船。不料，这个大家伙突然活动起来，并甩出长长的触须缠住了6米长的小船，还用它那大得吓人的尖喙猛啄船体。

　　"哎呀，不好了，这是头海怪！快逃命吧……"

　　大家吓得不知所措，惊慌不已。

"别怕，给我一把斧子！"

危急时刻，一位勇敢的水手站了出来，挥起斧子砍断了海怪的触须和短肢，才使小船摆脱了它的袭击。

返航后，船员把砍下的那条触须，送给了当地一位博物学家摩西·哈维。经过仔细辨认，哈维认为这条长5米、粗1米的触须来自乌贼家族某一未知成员。由此，科学界承认了巨型乌贼这一新物种，并考证出它就是被认为是北海巨妖的挪威海怪，把它命名为"大王乌贼"。

怪异的形状加上凶狠的习性，大王乌贼也成为北欧早期神话的起源。曾经风靡一时的美国系列电影《加勒比海盗》，就利用这一传说，演绎了一场挪威海怪吞噬杰克船长的悲剧……

毋庸讳言，人们对深海物种的认知远远少于对陆地动物的了解。这是因为自从地球上有了"人"这种高等生命以来，多是在广袤的土地上生存繁衍，难以到达无边无际的海水下面。事实上，生命起源于海洋。大约在32亿年前，陆地还是一片洪荒之时，咆哮的海洋中就孕育出最原始的生命细胞了。潮涨潮落，斗转星移，经历了亿万年风风雨雨，这些细胞逐渐演变成单细胞藻类，在光合作用下产生了氧气和二氧化碳，为生命的进化做好了准备。水母、海绵、三叶虫、鹦鹉螺、蛤类、鱼类等陆续出现了。

由于月亮的引力作用，引起海洋潮汐现象。涨潮时，海水拍击海岸；退潮时，把大片浅滩暴露在阳光下。原先栖息在海洋中的某些生物，在海陆交界的潮间带经受了锻炼，加之臭氧层的形成抵御了紫外线的伤害，它们小心而勇敢地登上了陆地，进而逐渐演变成爬行类、两栖类、鸟类以及其他哺乳动物。

然而，没有一定的科学设备和辅助手段，人类是无法深入到海底去活动的。那种念念咒语就能打开一条水道，动动手指即可畅游于波浪间的神功，只能存在于神话故事里。随着时代车轮的滚滚向前，人类社会的不断进步，科学技术的飞速发展，探索深海奥秘的传奇大戏层出不穷地上演着。

据了解，全球海洋资源非常丰富。海底有大量的金属结核矿，其中锰2000亿吨，镍164亿吨，铜88亿吨，钴58亿吨，相当于陆地储量的40倍~1000倍。海底石油、天然气、可燃冰等也储量巨大。海水中的大量化学元素，可提取的有50多种，包括核燃料铀、核聚变物质。同时，海洋生物还可提供人类不可或缺的丰富蛋白质。

毋庸置疑，海洋养育了人类，人类离不开海洋。随着陆地资源的日益减少以及科学技术的迅猛发展，人们将目光投向了远海和深海。难怪一些具有先见之明的战略家早就明确指出：新世纪是海洋的世纪，谁拥有了海洋，谁就拥有了世界；谁拥有了探究深海的能力，谁就占据了先机……

从20世纪中叶起，深达1000米、3000米、6000米的大洋深海中，相继出现了美国、法国、俄罗斯、日本等国科学家的身影。他们研制出的深海载人潜水器，能将探测队送到千米海水以下，进而进行科学考察。

时代的车轮隆隆向前，呼啸着驶入21世纪，崛起的东方巨龙擂响了向深海进军的战鼓。

一个闻名全国的高科技团队走来了，他们团结拼搏、严谨求实，以"十年磨一剑"的精神，精心打造出中国载人7000米级潜水器——"蛟龙"号。

走在最前列的，就是我们本书的主人公，"蛟龙"号总设计师徐芑南！

小时候的徐芑南是个活泼甚至有点淘气的男孩子，特别喜欢动脑动手，后来学有所成，颇有建树。在研制"蛟龙"号的十年里，在各级领导和同志们的关心、协调、配合下，他坚韧不拔、锲而不舍，谱写出一曲激荡人心的华彩乐章。

这里既有酸甜苦辣，又有喜怒哀乐；既有失败的教训，又有成功的喜悦。亲爱的少年朋友们，请打开此书，到这位智者的人生海洋里尽情畅游吧！

第一章

有惊无险

深海与高天

"那是在很久很久以前……"

许多动人心弦的传说经常这样开头，不过我要给少年朋友们讲的这个故事，却是在"不久不久"的以前。因为，它发生在2012年6月下旬的一天。当时，中国深海载人潜水器"蛟龙"号，正在太平洋上的马里亚纳海沟海域进行关键的海上试验，向着设计最大深度——海底7000米进军！

说来也巧，当时正是我国航天工程——神舟九号载人飞船与天宫一号空间站手控交会对接的日子。此前，国家海洋局海试领导小组批准了"蛟龙"号深潜7000米的计划，希望创造同一时刻上天入海的奇迹。

6月24日，这个寄托着华夏儿女热切期盼的梦想就要成真了!

北京时间9时07分,海试母船"向阳红09"号(简称"向九")指挥室,从海底传来了"蛟龙"号试航员、主驾驶叶聪的声音:"这里是'蛟龙',这里是'蛟龙',我们已经坐底7020米!"

太好了!指挥部里一片沸腾。

这创造了中国载人深潜最新纪录,也是世界同类型载人潜水器的最大下潜深度。

此时,正在太空飞翔的神舟九号航天员景海鹏等三人,按计划操纵着飞船逐步接近天宫一号目标飞行器,实施手控交会对接。西太平洋幽深的海底,叶聪代表此次下潜的试航员,庄严地向神舟九号送上热烈而亲切的祝福:"祝愿景海鹏、刘旺、刘洋三位航天员与天宫一号对接顺利!祝愿我国载人航天、载人深潜事业取得辉煌成就!"

由于技术上的原因,当时还未能实现海底与太空的直接通话,潜航员的祝福通过电波穿透深海传到陆地基站,再由陆地基站转发到茫茫太空上的"神九"舱内。显然,三位航天员听到并且受到了极大鼓舞。中午12时55分，他们成功驾驶神舟九号与天宫一号实现了手控交会对接。

在向祖国报喜的同时，景海鹏代表神舟九号飞行乘组也向"蛟龙"号致辞："今天，在我们顺利完成手控交会对接任务的时候，喜闻'蛟龙'号创造了中国载人深潜新纪录，向叶聪、刘开周、杨波三位潜航员致以崇高的敬意！祝愿中国载人深潜事业取得新的更大成就！祝愿我们的祖国繁荣昌盛！"

"神九"上天，"蛟龙"入海，海空连心，互致祝福。

一天之内诞生两项奇迹，整个世界都在看着中国。

"可上九天揽月，可下五洋捉鳖"，开国领袖毛泽东主席1965年写下的豪迈诗句，如今变成了现实。

长城内外，大河上下，人们怎么能不激动万分、豪情满怀呢？一时间，报捷的锣鼓鞭炮、祝贺的电波信号传遍海内外……

惊出一身冷汗

　　然而，就在两天后，人们的欢呼声还在耳畔回荡的时候，刚刚立下汗马功劳的"蛟龙"号，却突然遇到了前所未有的"险情"，顿时让海试现场、后方大本营，以及相关科研院所的负责人、科学家和工作人员都大吃一惊。

　　这是怎么了？究竟发生了什么事？

　　原来，2012年6月26日，海试指挥部决定乘胜追击，安排"蛟龙"号再次下潜，争取再次达到7000米以下深度，进一步巩固已经取得的成果。

　　当天值潜的试航员为傅文韬、唐嘉陵和科学家于杭教授，傅文韬为主驾驶，他和唐嘉陵均为"80后"的年轻人，是我国培养的第一代潜航员。经过几年的磨炼，他俩完全可以独立操作，并且在1000米、3000米、5000米海试中经受住了严峻的考验，拿到了合格证书。他们身上具有新世纪年轻人的闯劲和钻劲，但也不可避免地存在着缺少经验、考虑问题不够全面的不足。

随着现场总指挥刘峰一声"各就各位"的口令，海试母船上的工作人员有条不紊地工作着。

"蛟龙"号平稳地移动到指定位置，挂缆、起吊，硕大沉重的A型架起重臂在操作员的控制下，如同母亲温柔的双臂，轻轻且有力地抱起"蛟龙"号，从后甲板缓缓移向海面。

12分钟后，它安然入水，在"蛙人"（试验员）的帮助下，解脱了最后一缕绳缆的束缚。

随着"水面检查完毕，一切正常，请求下潜"的报告得到指挥部批准后，"蛟龙"号注水下潜了。

1000米、2500米、5000米……潜水器以每分钟40米左右的速度自由落体，向深海进发。11时47分，"蛟龙"号在7062.68米深度上坐底，开始进行一系列的试验。

看来一切正常，又将是一个完美的潜次。

就在这时——具体时间是12时37分——意外突然发生了！

"向九"船与"蛟龙"号的通信联络中断了！

"'蛟龙''蛟龙'，'向九'呼叫，'向九'呼叫……"

"'蛟龙''蛟龙'，我是'向九'，你在哪里？情况怎样？请速回复，请速回复！"

母船声学控制室一直不停而焦急地呼叫着，却听不到一点反馈回音，无论是声音通信还是文字、图片传输，都没有。

指挥部决定立即布放应急水声电话通信系统，开启另一套通信手段。

但是，这次仍然没有回答。"蛟龙"号犹如遭遇了"百慕大三角"一样，人间蒸发，无声无息……

现场总指挥刘峰和临时党委书记刘心成非常着急，不时地跑到声学控制室去看。其实，指挥部大屏幕上已经显示得非常清楚，出去走走只不过是掩饰一下他们焦灼的心情罢了。

情况十分不妙！

"蛟龙"号已经下潜到7000米的海底了，外表压力达到了700个大气压，每平方米相当于承受着7000吨压力。

尽管在设计上留有一定安全系数，但这是"蛟龙"号第二次试验潜入这么大的深度，万一发生不测，后果将不堪设想。

"难道是遭遇海底瀑布？被卷进暗流漩涡去了？"一位参加海试的海洋学家喃喃自语。

"什么？大海里会有瀑布？"

"有的。据报道，有人在格陵兰岛沿海测量海水流动的速率时，无意中发现了一条瀑布，水量惊人，落差达到3000多米。"

他说得不错！当时，科学家把水流计沉入海底后，竟然被连续强大的水流冲坏。进一步调查才知道，这里的水流汹涌，是由于大量的海水从海底峭壁倾泻而下造成的。宽约200米、深约200米的瀑布，每秒携带约500万立方米的水量飞流直下，相当于一秒钟内将亚马孙河水倒入海洋的流量。

考察发现，海底瀑布的产生是海水对流运动的直接结果。它在维持深海海水的化学成分、维持水动态平衡中起着决定性的作用，并且影响着世界气候变化和生物生长。但是，如果深海载人潜水器不幸遇上它，那将会是灭顶之灾！

现场指挥部里鸦雀无声，只有声学控制室里部门长胡震一遍遍呼叫："'蛟龙''蛟龙'，'向九'呼叫，'向九'呼叫！请回答，请回答！"

呼叫声不停地回荡在母船上，显得那样忧心如焚和无奈无助。

时间在一分一秒地过去，十分钟、二十分钟……当年在下潜50米试验时它曾失联五分钟，大家都吓得不轻，如今是下潜7000米啊，又是这么长时间，想想就胆战心惊。

不知道是哪位记者，用自带的通信设备把这一意外情况传到了北京，传到了国家海洋局"大洋办"（全称为中国大洋协会办公室）陆基保障中心。金建才主任（时任海试领导小组副组长）听后手脚一阵冰凉，感到事态严重，立即下楼告知了时任海试领导小组组长、国家海洋局副局长王飞同志。

"啊？"

作为一名"老海洋"，王飞也是倒抽一口冷气，神色骤变。他们丝毫不敢怠慢，马上来到了时任国家海洋局局长刘赐贵同志的办公室报告情况。

"不要慌，再好好观察分析一下。"刘局长不愧有大将风度，可谓"泰山崩于前而不形于色"，但他心里还是一阵发紧，"你们先上去与前方保持联系，我就来。"

海试领导小组正、副两位组长，肩头陡然增加了压力。他们快步上楼来到陆基保障中心会议室，面对着大屏幕，一边请在场的科研专家分析情况，一边紧急呼叫西太平洋上的海试队，询问究竟发生了什么事，"蛟龙"号联系上了没有。

依然没有回音。

所有人的心情都非常沉重！

中国精神
我们的故事

「深潜」院士
——「蛟龙」号总设计师
徐芑南的故事

　　"失联"，这两个普通的汉字后面，埋着怎样的灾难啊！

　　除了可能遭遇海底瀑布外，"蛟龙"号还有可能深陷海底泥沙不能自拔，生命支持系统出了差错，舱内人都昏迷了；也有可能遇到不明生物袭击；抑或发生漏水爆炸，艇毁人亡。

　　不管是在前方试验母船，还是在北京后方保障中心，大家全都面面相觑、忧心忡忡，心儿提到嗓子眼儿里，大气不敢喘一口。只听到话筒里不停地呼叫："'蛟龙''蛟龙'，你在哪里，听到请回答，听到请回答！"

　　沧海横流，方显英雄本色。

　　身在北京保障中心的一位老专家，丝毫没有慌乱，而是十分冷静地端坐在与前方同步的大屏幕前，密切观察着"蛟龙"号的航迹，面沉如水，气定神闲。

　　他已经七十多岁了，满头银发梳理得整整齐齐，戴着一副咖啡色的高度近视眼镜，眼睛一眨不眨地紧紧盯着大屏幕。

蓦然，他发现了一个值得注意的情况：虽然通信中断，但通过超短基线可以跟踪到"蛟龙"号，还能够清楚地看到载人潜水器的活动轨迹。这说明"蛟龙"号上的设备和舱内供电系统处于正常状态。

那么面对指挥部的呼叫，试航员们为什么不应答呢？

老专家苦思冥想了一会儿，直起腰来自信地说："请大家不必太着急，你们看，显示潜水器状态的这条线一直在动，这说明它还在正常运转。我认为，潜水器本体没问题，联络不上可能是通信系统出了故障。"

"是吗？是这个原因吗？"

此话虽说为解开谜团提供了新思路，但毕竟没有得到证实，两位海试负责人王飞、金建才将信将疑，还是一脸凝重。

"不错，应该就是这个原因。如果是机器出事，超短基线测不到信号，也就不会移动了。所以，我认为不会出大问题。"老专家掷地有声。

啊！犹如一阵春风吹散了天上的阴云，紧张到空气几乎凝固的指挥部里有了些许放松，大家轻轻地舒了一口气。

就在这时，水声通信机突然响了起来："'向九''向九'，我是'蛟龙'，我是'蛟龙'，一切正常！"

主驾驶傅文韬的声音传来了。

试验母船上和后方保障中心的所有工作人员，包括随船采访的记者们都激动得跳了起来。

那么，这是怎么回事呢？

事后才弄清楚：傅文韬和唐嘉陵在"蛟龙"号坐底后，发现前方有一只奇特的深海大海参，他俩决定互相配合抓取这个样品。机械手沉重而僵硬，而海参湿润黏滑，一次次抓住它，又被它一次次滑脱。他们不想放弃，聚精会神又试了几次，终于把海参成功抓到手，放入采样篮并盖好盖子。

当他们坐下来打算喘口气时，突然发现与母船通话的话筒不知何时掉落在地板上。

坏了！他俩立即意识到了问题的严重性——通信中

断，大家肯定非常着急。

在通信功能设计上，"蛟龙"号每64秒钟自动将有关信息打包通过声波发往母船声学控制室，母船收到再解开，显示在各个工作屏幕上。由于数字与语音都是通过同一套声学设备，所以在设计上有一个"语音通话优先"的原则，也就是说，语音通话开启，其他一切都不能使用。当话筒掉落后，被两位潜航员的身体压到按钮，触发了语音通话通道，结果数字传输关闭。这时，语音通话接通了，可又没有进行语音通话，致使母船呼叫传不下去，"蛟龙"号信息传不上来。从12时37分至13时19分，通信整整中断了42分钟。

北京陆基保障中心里，刘赐贵局长刚走进会议室，还没说上一句话，一切就"多云转晴"了。

王飞副局长半开玩笑半认真地说："刘局长，你要是早点上来，也许早就没事了！"

"是吗？没事就好。不过，他们回来后应该'严厉'批评一下，这可不是闹着玩儿的……"

王飞副局长把那位老专家推到身前："不过，多亏咱们的总设计师密切观察、认真分析，帮助我们正确认识这个问题。要不然，可真会把人吓坏的！"

"是啊！看来还是您了解自己的'孩子'，谢谢您！"刘赐贵局长紧紧握着老专家的手，真诚地表示感谢。

"哪里，这都是大家的功劳！"老专家谦虚而欣慰地笑了。

他是谁？他来自哪里？

关键时刻，他怎么能够做到临危不乱、胸有成竹呢？

他就是我国载人潜水器"蛟龙"号的总设计师、中国船舶重工业集团（简称中船重工）第七〇二研究所的研究员——徐芑南先生！

他
是
『
定
海
神
针
』

有惊无险，"蛟龙"号继续下潜试验。

通过这个意外事件，也提醒研发团队需要改进"蛟龙"号话筒的设计，以杜绝此类事情再次发生。

在7062.68米的深度上，"蛟龙"号坐底并开展相关作业。

按照潜航员傅文韬的心愿：最大下潜深度应在7091米。因为2012年是中国共产党成立九十一周年，党的十八大也定于这一年召开，而小傅已经被选为出席十八大的基层党员代表了。他多么想用"7091"这样一个数字表达庆祝的心情啊！可这片海底最深处只有7062.68米，虽然稍有遗憾，但已经是中国载人深潜的新纪录了。

15时15分，"蛟龙"号完成了本潜次所有的试验项

目，开始抛载上浮。一项新的世界纪录诞生了！这是神州儿女引以为傲的中国深度！

后来，有网友置疑"新的世界纪录"的提法。他们说，早在20世纪50年代瑞典人皮卡德就下潜到10000米了，前几年《泰坦尼克号》的导演美国人卡梅隆也曾在马里亚纳海沟潜深11000米，怎么能说"蛟龙"号创造了新的世界纪录呢？

实际上，这些网友只知其一，不知其二。

国际深潜界是以同类型潜水器做比较的，就像竞技体育中的赛艇比赛一样，有单人双桨、双人双桨，有舵手的和无舵手的，各有各的规则。

前面所说的瑞典人和美国人只是两人或一人下潜到11000米左右，目的是为了探险试验，如同坐电梯一样，潜到预定深度再返回海面。而"蛟龙"号是可乘载三人，能下潜到7000米开展科学考察的潜水器。目前，全球同类型的潜水器只有日本的"深海6500"号、俄罗斯的"和平"号、法国的"鹦鹉螺"号和美国的"阿尔文"号四艘。其中"深海6500"号最深下潜到6500米，其他三艘大都下潜至4500米～6000米。从这个意义上说，"蛟龙"号就是创造了新的世界纪录！

当然，绝大多数人不知道，在实现这一历史性创举的过程中，"蛟龙"号曾经度过了有惊无险的42分钟！通过这个小插曲，知情人更加了解也更加敬佩徐苣南总设计师了。他带领整个团队，历经十年，克服种种困难，把一个纸上方案变成了实实在在的载人潜水器，而且成功地进行了各项海上试验。

"蛟龙"号首次进行1000米海试时，徐苣南和他的夫人也是助手的方之芬，两人不顾年老体弱，坚决要求跟随海试团队前往南海参加海上试验。

此后在3000米、5000米直到7000米的深潜试验时，各级领导考虑到徐总夫妇的身体状况，便再也不批准他们随行了。

可是，就像"儿行千里母担忧"似的，"蛟龙"号的一举一动都牵动着徐总设计师的心弦。海试领导小组也感

觉到，有他在，大家心里更有底。因此，每次"向九"船载负着"蛟龙"号出海远航，他们都会把徐芑南夫妇请到北京后方保障中心，以便随时问询。

果然，徐总设计师如同一位身经百战的将军一样，坐镇指挥部运筹帷幄、决胜千里，起到了"定海神针"的作用。

好一个徐芑南！

他对深潜器的每一根"血管"、每一条"神经"都了如指掌。

然而，有谁会想到，当年出任总设计师时，徐芑南已经六十六岁，且身患多种病痛，与老伴方之芬打算在美国定居的儿子家中养老了。

听到祖国的召唤——需要他参加研发7000米级载人潜水器，徐芑南这样说："我搞了一辈子潜水器，无人的，有缆的，从几百米到几千米，但这么大深度的载人深潜器一直是个梦想。美国人、法国人能搞，我们中国人也行！没说的，我干！"

说这话时，他的眼前仿佛又闪现出学生时代的自己。

那个生长在东海之滨的少年，从小的理想就是当一名造船工程师……

第二章

『我的造船梦』

镇海的孩子

我们人类赖以生存的地球上，有一条充满活力而又神秘奇特的纬线——北纬三十度线。

从地理布局大致来看，这里既有地球山脉的最高峰——珠穆朗玛峰，又有海底最深处——西太平洋马里亚纳海沟。流经埃及的尼罗河、伊拉克的幼发拉底河、中国的长江、美国的密西西比河，均在这一纬度线入海。

这条纬线在中国漫长海岸连缀的接点，就是长江三角洲南翼的中心城市——浙江省宁波市，其最东端临靠东海的"鱼米之乡"，则是著名的历史文化名城镇海区（古称县）。它东屏舟山群岛，西连宁绍平原，南接北仑港，北濒杭州湾，与上海一水之隔，交通十分便利，自古以来就是

对外交往的重要口岸。

徐芑南的家乡，就在这里，他是一个地地道道的镇海的孩子。

镇海自古人杰地灵，是"宁波帮"的重要发源地，涌现了以包玉刚、邵逸夫和应行久等著名人士为代表的港澳同胞、海外侨胞、外籍华人，有五千余人。同时，镇海还是闻名遐迩的院士之乡。我国近代植物学开拓者钟观光、生物物理学奠基人贝时璋等中国科学院和中国工程院的院士，已达29位。

古往今来，浩瀚的东海波浪，沉淀了镇海深厚的海洋历史文化底蕴：

宋代对外贸易，它是海上"丝绸之路"的起碇港。"浙东门户"独特的地理位置，使这座海天雄镇经历了抗倭、抗英、抗法、抗日战争的硝烟洗礼。

19世纪以来，一批批镇海人漂出甬江口，弄潮于世界经济舞台，形成了别具特色的商帮文化。

镇海地处甬江入海口一带，地势险要，历代为海防要地。宋朝设沿海制置司，由统制、统领率水军驻此，扼守海道。明代置定海卫，抗倭名将俞大猷、戚继光先后驻守，并建威远城。鸦片战争时，钦差大臣裕谦监防督战，林则徐协助海防。中法战争中，浙江提督欧阳利见、宁绍道台薛福成等筑防御敌。1940年7月，国民政府军第十六师、第一九四师与侵华日军激战，成功退敌。历次抗击外敌入侵中，镇海都留下了诸多海防历史遗迹，现均为国家重点文物保护单位。

镇海楼位于镇海城区中心，始建于南宋，重建于明洪武年间。楼台用条石砌成，长32.8米，高5.9米，是当地海防的历史见证，也是当年镇海县的标志性建筑。

近代以来清王朝的"闭关锁国"政策，丝毫没有镇住来自海洋的风浪，却为这里的人们留下了难忘的抗敌传说——

1840年鸦片战争爆发后，作为浙东的重镇之地，清政府派大臣裕谦、林则徐、余步云前来镇海督战。战前，他们无意中经过一个池塘，见水质清澈、水面静谧，三人的倒影一览无余。

这时，却发生了一件奇怪的事情：林则徐和裕谦的倒影在水中很平稳，没有一丝波澜，而余步云的倒影处水波流动，人面模糊。

此刻没有风，没有鱼，同样的池面却有不同的反应，似乎预示着什么。

不久，英国侵略军凭借坚船利炮进攻定海，裕谦在众人集会时表示，不管形势怎样艰危，决不与英军议和，誓与镇海共存亡。果然，当英军打败清军攻进定海城时，裕谦投海自尽，以身殉国。而浙江提督余步云却贪生怕死，溃散而逃。战后，裕谦成为受人尊敬的英雄，余步云则被斩首示众。

人们回顾当初那个场景，这才恍然大悟：原来那在池中的倒影，正暗示了余步云的下场——水中波澜，影子晃动，看起来就是他弃城逃跑，身首异处。

这个流传甚广的传说，反映了老百姓心中的正义感，为英雄鼓掌，对叛徒唾弃……

"九里山前古战场，牧童拾得旧刀枪。"徐家祖祖辈辈生活在宁波镇海，家里的小孩子从小耳濡目染，感受到的是精忠报国的英雄气节。1936年3月，小苣南出生了。他的父亲在上海经商。那时，十里洋场满是洋人的天下。小苣南自幼目睹外国侵略者的耀武扬威，在他那颗幼小的心灵里早早就埋下了好好学习、报效祖国的火种。

交大的学生

1949年10月，中华人民共和国成立了！

那被帝国主义列强凌辱的年代，那半殖民地半封建的社会一去不复返了……

已经是一名初中生的少年徐芑南，跟随父母、老师和同学们，兴高采烈地涌上街头，庆祝人民当家做主的新中国的诞生。

20世纪50年代的神州大地，冬去春来，百废待兴。徐芑南认真而扎实地读书学习。

1953年2月19日，一个振奋人心的消息激荡在辽阔国土和万里海疆——

开国领袖毛泽东主席视察海军东海舰队。他身穿一件灰色的风衣，头戴一顶旧呢帽，迎着清凉的海风，健步走上"长江舰"。年轻的舰长和政委一边介绍军舰情况，一边陪同毛主席视察参观。水兵们按捺住激动的心情，在各自的岗位上严阵以待、忠于职守。尽管那还是共和国初建时的海军，装备大都是缴获国民党军队的一批老式护卫舰，总吨位加起来还不如国外的一艘巡洋舰大，但海军上下的士气十分高昂。

毛主席非常关心海军建设，在舰上逗留了四天，与水兵们促膝谈心，也观看训练。离开时，他亲切接见了全体列队的水兵，一一握手，并挥笔题词："为了反对帝国主义的侵略，我们一定要建立强大的海军！"

笔力遒劲，字字千钧！

建立强大海军，巩固祖国海防，必须要建造一流的大船和军舰。这给包括徐芑南在内的许多年轻人极大的鼓舞和激励。

这一年，刚刚十七岁的徐芑南正好高中毕业，准备报考大学。

他就读的上海南洋模范中学（简称南模），与著名的理工科大学上海交通大学（简称上海交大或交大）相隔不远，互有合作。有时经过那个校门，年轻的徐芑南总会驻足看上一会儿，默默下着决心：争取考上交大，学习造船技术。

理想是美好的，但如果没有脚踏实地的干劲和百折不挠的精神，只能变成空想。上海交通大学是中国历史最悠久的高等学府之一，前身是盛宣怀经清政府正式批准于1896年创立的南洋公学，设立了师范院、外院、中院和上院四院。它与北洋大学堂同为中国近代历史上中国人自己最早创办的大学。在一百多年艰苦卓绝的发展历程中，上海交大培养了一大批叱咤风云的杰出校友，创造了许多重要的科技文化成果，为国家建设、民族振兴和人类进步做出了卓越贡献。

多年以后，徐芑南还念念不忘当年的情景。

我前去采访，问起求学时的情景，徐总设计师先是沉思片刻，继而打开了话匣子，深情地回忆起来。

为了尽量还原真实的历史和当事人的心境，此处我将整理的录音摘录下来，请大家跟随着主人公的讲述，聆听一场亲切而有意义的励志报告：

"在进交大之前，我早已对这所名校不陌生了。我就读的南洋模范中学，与交大关系非常密切。从南模升入交大，简直有'天时、地利、人和'的缘分。先说'天时'：我在南模读书是1950年至1953年，那时的南模校舍规模有限，一旦召开全校性的师生大会，往往找不到场地。开会的时候，大家只能坐在教室里，由校长统一使用扩音器来宣讲。每到一年一度的开学典礼时，我们南模都会借用交大的新文治堂来举行。那时上海刚刚解放，新文治堂的水泥地面还没平整好，只有一个大舞台，桌椅板凳也都非常简陋，我们是自己扛着凳子去开会的。这样一来，我们每年都有机会在交大校园里行走停留，与交大的关系也越来越近了。

　　"再说'地利'：南模当时在天平路，与交大只隔着一条马路。我读书的时候，南模校园还有个后门，就在华山路上，所以地理位置上也是很近的。说起'人和'的话，就更有感情了。当时交大教授在外兼课很普遍，那时我们南模的物理、化学、数学、英语等任课教师，许多都是交大的老师兼职的。这样，我们很早就与交大的老师熟悉了，在他们潜移默化的影响下，我们对交大这所名校更加了解与向往。所以说，我从南模到交大是'天时、地利、人和'共同作用的结果。

　　"我考进交大是1953年。当时，同学们都一致向往读航空、汽车、舰船等热门专业。因为新中国成立之初，重工业基础十分落后，各项事业百废待兴，加上1950年至1953年的'抗美援朝'战争，更要求中国的国防工业急需优先发展，而青年大学生保家卫国、立志投身国防事业的热情也十分高涨。几大热门专业中，报考航空的都往北京去了。汽车专业在1953年时交大还有，但到了1955年就被调到长春汽车拖拉机学院（吉林工业大学的前身）去了。

造船系还留在交大，不久，大连工学院的造船系也被并过来了。1955年，原交大的大部分师生准备迁往西安，而在上海要以交大和大连工学院造船系的师资和设备为基础，筹建上海造船学院。

"我们当时考交大，录取名单与考分登在《解放日报》，不过只是知道自己是否被录取，却不知道录在哪个系哪个专业，最终的志愿是考进交大之后填写的。我记得1953年的时候填汽车、造船专业志愿的人最多，说明大家都有为国防工业做贡献的强烈愿望，而我也是其中热情高涨的一分子，最终选择了造船系船舶制造专业。

"我到了交大之后，感觉很不错。造船系的这届同学中，既有从同济大学造船专业并过来的学生，也有从上海浦东船舶学校（简称浦东船校）并过来的学生。浦东船校的学生毕业后本来可以分配到工厂去，但他们从中挑选了一部分人继续到交大来深造。这些人掌握的专业知识比我们从高中考上来的要多。此外，学生中还有一部分是工农兵学员。当时，在交大曾设立工农预备班，招收工农干部和工人骨干入学。这批人和我们一起上课，他们虽然文化课基础相对弱一些，但非常刻苦努力。我刚进交大的那年，住在柿子湾分部，就是徐家汇老火车站那个地方。那里原来是纺织工学院，我们的宿舍就在火车站边上。印象当中，我们这届学生都相处得很好，大家那时把主要精力都放在学习上，对自己的功课抓得很紧。尽管大部分同学生活条件比较艰苦，但在交大勤钻苦学的传统校风中大家都感到精神愉快。

"首先说说我们造船系中从英美留学回来的名师。第一个要提的就是辛一心老师。辛老师是我们七〇二研究所的创始人，也是老所长。他1934年从交大电机工程学院毕业，后又在英国新堡杜伦大学皇家学院取得造船工程硕士学位，并进入格林尼治皇家海军学院攻读造舰工程。我读大二的时候，他既是船舶局局长，又是船研所所长，同时还搞着几条船，但仍然非常重视对学生的培养，亲自给我们上流体力学课。对造船系来说，流体力学对数学要求是最高的。如果不多下功夫，单靠一年级的微积分基础，完全是跟不上的。当时三年级的学长们对我们说，不要害怕，反正辛老师的考试测验能拿到及格分，就算冒尖儿了，大部分是不及格的。而辛老师也鼓励我们说，不要害怕，只要按规定的教学大纲都学好了，肯定能得五分。事实上，流体力学测试要想拿到及格分以上，必须要在课外继续看参考书。假如你课后不再复习，单靠上课时的听讲，根本应付不了测验。虽然拿到及格分要付出很大的努力，但我总感觉这是对我们课后学业的督促。辛老师是造船界的泰斗级人物，只可惜去世得太早。1957年10月，他在国外考察造船工业期间，不幸被查出患了癌症。在苏联确诊后，他马上飞回国内，不久就去世了。开追悼会的时候，我们正在读三年级下学期，大家都去送了他最后一程。

"第二个要提的是陈铁云老师。他1941年从交大物理系毕业，后来去了美国密歇根大学工程力学系。陈老师教我们结构力学，他的课我是从头到尾都上过的。他的过人之处在于，虽然知识结构属于'欧美派'，但在20世纪50年代初'全面学苏'的号召下，陈老师又能将苏联教材编成我们用的教材，这是很了不起的。因为他不仅要把俄语版教材翻译过来，而且要打通欧美体系与苏联体系的船舶知识结构与理论方法，这是很不容易的。当时，我们船舶制造专业的结构力学主体课程是杆、板、壳三大类，包括我后来搞潜艇也基本上是这些内容。杆、板、壳的教材，陈老师是分两年给我们讲完的。在这个过程中，他和造船系里的教授们还带出了一批助教，我们当时叫辅导老师。现在的何友声院士、盛振邦教授、桑国光教授、李学道教授等都当过我的辅导老师，我感到非常荣幸。应该说，我们作为陈铁云老师第一届在'全面学苏'背景下带出来的学生，见证了造船系一大批骨干教师的早期成长。

"现在回想起来，当时那些辅导老师都十分认真负责，给我们答疑的时候也都很关照我们，不过也有些辅导老师比较严厉。印象最深的是李学道教授，他是李政道的弟弟。他在给你答疑的时候，你自己要把问题准备得很充分，不是有什么不懂都去问。他首先要看你自己对问题理解到什么程度，哪儿不懂，为什么不懂，问得很细。这就促使你自己对不懂的问题考虑得很深。如果你随便去问他，他是不会回答的。有些同学被他一问，明显感觉自己对问题没经过思考，只好灰溜溜地回来再想。这种学习与思考的方式对我们来说是新鲜的，也很受启发，让我们意识到从高中进到大学后的学习方法完全不一样了，必须要学会靠自己独立钻研思考，不能再事事都依赖老师给出现成答案了。这些言传身教对我当时和以后的影响都很深。

"从我们系里的那些名师与严师身上，我们也大致可以看出欧美与苏联两种体系下的船舶知识结构的不同。应该这样讲，苏联的基础理论比较深，欧美注重应用一些，两者各有特色。1963年我去清华进修了一年，那里都是'苏联派'，我才知道两者的区别。苏联方面注重的基础比我们交大还要更强，交大造船系基本上还是以工程为主的。

"当时的校长是彭康，我作为一名普通学生，见过他，但没有机会跟他谈话。我只知道他留学日本，在东京帝国大学（现东京大学）哲学系攻读博士学位，而且是资格很老的革命家，行政级别很高，算是中央干部了。清华大学当时的校长蒋南翔，级别也相当高。

"我们这届学生进交大时，有一段经历与众不同，那就是学校在教学制度上开始由学习欧美转向全面学习苏联。向苏联大学制度学习的重要表现有两个：一是五分制，一是口试制。我这里重点想谈谈当时令我们闻之色变的口试制度。

"口试制度一般安排在期末的大考中。对爱读书的人来说，笔试我们是不害怕的，因为老师出题范围基本跳不出学过的内容，分数一般不会差。但是，口试就苦了。它是通过抓阄进行的，我们叫它'摸彩'。学生进入考场后会看见一个盒子，里面有一卷卷的考题。自己抽签，打开后一般有三道题目，这就难倒学生了。为什么呢？因为老师出这三道题是很随机的，每个章节都可能有的。比如，这学期书本内容有十五章，那这三道题就来自于十五章中的任何角落，不存在什么重点难点，所以根本让人摸不着方向。如果抽出来的题目恰恰是你的'软肋'，那你的分数很有可能就不及格了。而且在口试中，老师一边听你答题，一边还会向你发问。你对知识到底掌握得如何，老师会一句一句地追问下去。如果你没搞懂，牵强附会地答，马上就会露出马脚。这跟笔试不同，笔试中有些人可以左扯一句、右拉一条地拼凑内容，模模糊糊混过去，老师也没法即时问你。当年，主考老师就是负责问这三道题，他可以一直不停地问下去，问到你最后什么也答不出来为止，然后给你一个分数。越晚答不出，分数越高；越早答不出，分数越低。分数都是当场打出来的。当时有本蓝颜色的记分册，学生答完后，老师会把分数写上去，然后盖个图章，叫你拿走。

"那时，大家对于这个口试都是胆战心惊，个个紧张得不得了。特别是第一次考的时候，我记得很多人连早饭都吃不下，有些同学两腿发软，打趣地说要叫车到考场，怕得走不动了。头两次口试，我因为不熟悉过程吃了亏，成绩并不理想。不过之后我就慢慢吸取经验教训了，就是千万不要自以为你准备的内容就是考试的重点，也不要有侥幸心理，而必须要把整章内容都吃透，并把相关内容都搞明白，融会贯通地来复习，这样才有底气去应付口试。当时虽然人人都怕口试，但是现在想来，感觉还是挺好，关键它让我们对学习方法有了新的认识与体会。到了1958年我们快毕业的时候，口试终于取消了，重新恢复了笔试，大家才感到轻松多了。所以，我们这届学生在口试方面的经历是'前无古人，后无来者'。

"老交大的造船系主要培养的是设计室、研究所、船厂里面的工程技术人员，当时清华已经号称是'培养工程师的摇篮'了，交大还没那么自称。不过，这两个学校有一个显著的共同之处，那就是对工程实习看得很重。我总感觉，老交大造船系培养学生的模式，是从理论到实践再回到理论，这套方法还是比较成功的。学造船的如果总是对着书本不到船厂里去，是提高不了的。我们那时一年级就开始金工实习，什么钳、刨、组装、焊接，都一一操作过。比如，钳工主要是让你做成正六面体，那是很不容易的。大二暑假时，我们到中华造船厂去认知实习，搞船体放样、下料和装配，有很多机会跟厂里的老师傅接触。有时，我们比不过那些中专毕业的工人师傅，他们都是长年累月在一线动手的，而我们只知道书上写的东西，跟实际操作还是很有距离的。大三开始专业实习，我跑到青岛基地的护卫舰上去，从船头到船尾都跑了一遍。老实说，光看书是根本不理解船的性能的，因为现场看的舰船结构跟书本上的是不一样的。到了大四还有一次毕业实习，它是跟设计所、工厂紧密相连的。所以说，老交大把教学与实践紧密结合这一块儿看得很重，我们那时也都很希望去学书本以外的东西。

"关于实习，我印象最深的是专业实习与毕业实习的时候受到苏联专家的指导。当时，我有幸被系里选中去做军品设计。为了这个项目，系里专门在体育馆左侧的一栋楼里辟出一间教室，设置了保密进出手续。军品设计项目当时分三种类型：潜艇、快艇和水面舰艇。我被分配到水面舰艇这一块儿。毕业实习也是安排在青岛基地的护卫舰上。那时候，我的保密观念就非常强了。一上舰，只带一个包，所有的资料都在里面；一下舰，就全部上交到保密室去了。晚上到宿舍不讲关于船的一句话，好好放松休息。从那时起，我对军品技术工作的保密性质已经很习惯了……"

　　如此严格自律的学习和实践，深深地印在徐芑南的心扉上，现今谈起来他依然滔滔不绝、如数家珍。

　　就在这样的氛围里，他迅速而茁壮地成长起来，怀揣着一个宏大的"造船梦"，以优异的成绩从上海交大毕业了！

从水上潜入水下

四年半的大学生活，为徐芑南打下了扎实的理论功底。

毕业时，他填报的工作志愿是船舶设计所或造船厂，一心想亲手为国家造大船。不料，分配通知下来了，他被安排到了中国船舶科学研究中心（中船重工第七〇二研究所前身，简称船舶科研中心）。徐芑南以为它只是个理论研究单位，便找到管分配的老师，说想换一换。

那位老师看了看他，郑重地说："研究也要设计，人家想去还去不了呢！你去了就知道了。"

"是吗？那我服从分配。"

徐芑南在大学期间主攻方向是建造轮船或军舰，毕业设计做的也是水面舰船，不料分配到船舶科研中心之后，工作出现了变化。当时，这个科研单位已经分为军品科与民品科。他们这批刚从交大毕业的学生，因为在政治和资质审查中已经过关，就全都放在军品科了。这个科里又分为水面军舰与水下潜艇研究设计。一声令下，徐芑南被派去做潜艇模型的水动力试验。这样一来，从小立志且经过专门学习誓为祖国造大船的目标有所变化，他从水上潜入水下了。

这是因为，我们的海军在20世纪50年代还很弱小，全国上下都认识到了潜艇的巨大作用。特别是对于缺乏空中掩护的海军来说，潜艇既能秘密出海远航，又能隐蔽接敌突然进攻，是最好的战略武器。在两次世界大战中，潜艇都曾经大显身手。它神出鬼没，悄无声息，常常能在不经意间给对手致命一击，曾被军事专家称为"深海黑洞"。有人甚至感叹，没有潜艇就没有海军！因而，我国海军从初建时即确立了"空、潜、快"的发展方向，决心建设一支强大的潜艇部队。

"祖国的需要就是我的志愿！"

对于20世纪50年代的中国青年来说，这是一条融入血液里的信条。

徐芑南毫无二话。从此，他便与"深潜"结下了不解之缘。

说来有意思，分配研究潜艇的徐芑南，此前还没有走近真正的潜艇，所有关于潜艇的知识都来自书本、电影和画报。他意识到，年轻人光有勇气还不够，更重要的是底气，这就需要知识的积累和具体的实践。既然要搞水下，那就从头学起！

正巧，这个时期中央军委要求将军与士兵一致，"下连当兵"，与士兵打成一片。时任南京军区司令员许世友、时任济南军区司令员杨得志等上将都穿上列兵服装，到连队去当兵，报纸上登出了大大的照片。

徐芑南看到了，受到很大启发，拿着报纸就找领导去了："主任，我要向将军们学习，到潜艇部队去当兵，这样可以尽快熟悉潜艇的构造啊！"

"哦，你这个想法不错。不过当潜艇兵是很苦的，你

行吗？"

"没问题，我身体棒棒的，在交大是篮球队员，再说我也有思想准备！"

"好！那我们与有关部门联系一下。"

大学生当兵锻炼，各方都大力支持。不久，船舶科研中心为他联系好了海军潜艇部队某部。徐芑南打点起简单的行装，精神抖擞地去当了一名潜艇兵。

这支部队驻地在青岛，是1954年6月19日经毛泽东主席批准，在周恩来总理直接领导下建立的我国有史以来的第一支潜艇部队——海军独立潜艇大队。

由于还在"萌芽"阶段，只有几艘苏联援助的"M"级老式小型潜艇，以及"斯大林"级的中型潜艇。直到两年后，上海江南造船厂学习仿苏制"W"级常规动力攻击潜艇，才有了国产的第一艘"W"级03型潜艇，舷号为"115"，水下排水量为1340吨，武器装备为12枚533毫米鱼雷。

"W"级潜艇的仿制成功，促进了我国造船特别是水下潜艇技术的进步，形成了潜艇制造的生产线，培养了许多技术人员，积累了组织管理经验，是我国成批建造潜艇的开端。独立大队陆续装备了这种潜艇，并且实施了远航训练和战备巡航。

徐芑南前去体验的就是"W"级潜艇，第一天报到，他受到海军官兵的热情欢迎。

基地政治处干事介绍他与艇长见了面，说："这是来锻炼的大学生。"

"欢迎，欢迎。"艇长伸手与他握了握，见他只提着一个小包，就问，"你的行李呢？"

"什么行李？喏，都在这儿。"徐芑南晃了晃自己手中的提包。

"这不行，起码得有条被子啊！"

那时，由于经费紧张，部队没有给临时体验者配发被装，也没有通知他自备。现在，难题出现了。

艇长皱着眉想了想，忽然想起有位军官家属来探亲，走

时留下了一条被子还未上交，就决定转发给徐芑南使用。

　　青岛属于典型的海洋性气候，十月的海风已是凉意袭人，夜里有被子盖就好过多了，徐芑南非常感激。只是这条家属用的被子很大，每当有人来检查叠被的时候，他就有些难堪。

　　大家知道，叠被子是军营整理内务的重要内容。人家都叠得整整齐齐、方方正正，只有他这条大被子怎么叠也叠不成豆腐块状，所以每次都不合格，连累得同班水兵老挨批评，徐芑南很过意不去。后来，事情反映上去，艇长笑了笑说："他刚从地方上来，我们应该体谅嘛！"从此，大家对"学生兵"徐芑南就网开一面了。

　　那段时间，徐芑南整天跟官兵们生活在一起。每天操练、出海、值更、排队吃饭，艇上的同事都对他很关照。久而久之，他这个穿着便服的大学生在基地上就比较显眼了。大家见了面，客气地打着招呼，遇到他不懂的问题，总是有人细心地讲解给他听。而他要做的工作，就是在中央舱管潜艇上的三个阀门——一个空气阀和两个注水阀，每天听艇长的命令打开、关闭。虽说操作并不复杂，但责任重大，万一出点差错就会酿成事故，徐芑南心中还是挺紧张的。

当时的潜艇设备都比较落后，连电话也没有，艇长传令就是把嘴对准钢管，大声地往下传：

"一号阀注水！"

"注水，一号阀！"

徐芑南值班时，总是聚精会神竖起耳朵，生怕听错、弄错一个字。

原定一个月的体验飞快地过去，即将离开潜艇返回上海了，徐芑南却觉得不过瘾、没看够，还应该多了解一下，便提出继续实习。

部队领导知道这是一位将来的潜艇设计师，点头同意了，并破格批准他愿意上哪艘潜艇就上哪艘。恰巧，有一艘"W"级03型潜艇准备出海训练，徐芑南提出就上这一艘。由于潜艇空间狭小，出航严格控制人员，不能随便加一个人上去。领导研究了一下，决定撤换下一个人来，安排徐芑南上艇。

面对来之不易的机会，徐芑南格外珍惜。一个月的时间里，他在潜艇上跑前跑后，看这看那，从头到尾，由里至外，完整细致地观察了一遍，把各个舱段的结构都摸了个清清楚楚。这还不够，回来后徐芑南又主动提出去设在青岛的海军船厂实习。因为这支部队的潜艇都在船坞内维修，工人师傅会把外表的绝缘层拿掉，里面看得更清楚。

又是一个月。屈指一算，徐芑南在青岛潜艇部队实习整整三个月了，收获多多。当然，比较而言，他觉得刚开始的一个月的实习最重要，与水兵们同吃同住同工作，彼此之间熟悉了、信任了，也就什么话都愿说，想学习了解什么内容基本上一路绿灯。如果老是以大学生自居，摆架子，自说自话，人家肯定不欢迎。跟艇出海实习也是一样，老老实实听"老师"的话，配合做事，肯定能学到东西；一旦自以为是，就什么都学不到。他觉得，知识分子特别要注意放下架子，否则是会让人反感的。

磨刀不误砍柴工。这段当兵实习的经历，给徐芑南留下了深刻而美好的印象，为以后研究潜水器的工作打下了坚实的基础。

青岛是一座美丽的海滨城市，红瓦绿树，碧海蓝天，迷人的汇泉湾海水浴场，雄奇的海上第一名山——崂山，人们一般都要去观光游览。可这些丝毫引不起青年徐芑南的兴趣，他百倍珍惜这次机会，一步也舍不得离开潜艇基地。

至今回想起来，徐芑南仍然觉得那是他人生中一段非常重要的时光。2012年，他在应邀回上海交大参加母校成立一百周年纪念大会时，专门寄语新一代大学生：

"那时当兵实习回来，我终于知道我干的是什么，该怎么干了，连看图纸的感觉都大不一样了。希望我们交大立志搞工程的同学，要把实践看得重一点，这样对创新思维也是一种提升……"

第三章

走向深蓝

蹉跎岁月里的追求

"青春的岁月像条河，

岁月的河啊汇成歌……"

这是20世纪80年代一部热播电视剧中的主题歌，剧名《蹉跎岁月》，该剧以知识青年下乡插队为背景，写出了一批有热情有志向的年轻人历尽磨难、百般蹉跎，却没有放弃人生希望的感人故事。我们本书的主人公徐芑南也是这样，不管遇到什么样的困难，他一直刻苦努力，不仅没有蹉跎度过，反而取得了可喜成绩。

从潜艇基地回来后，一项主持"深海模拟设备及系统（简称压力筒设备）的设计和建造"的任务落在了徐芑南的肩上。这还是当时的国防重点工程——研制核潜艇中的水滴型核动力模型水动力试验的重要部分，该项目负责人是徐芑南的交大校友、中国核潜艇总设计师黄旭华。

早在20世纪60年代初，毛泽东主席曾掷地有声地说："核潜艇，一万年也要搞出来！"作为总设计师的黄旭华义无反顾地冲到最前沿，提出一步到位，直接搞世界上最先进的"核动力水滴线型"潜艇。这得到了当时分管国防科工委工作的聂荣臻元帅的支持。聂帅说："中国的潜艇不搞简单的核动力+常规艇型，应该好马配好鞍，搞就搞核动力水滴线型！"

水滴，晶莹剔透的水滴，是世界潜艇的发展方向，也是我国核潜艇的定型艇体轮廓。

徐芑南一踏入潜艇科研征程，就遇上这样一个关系到国家根本利益的重大项目，真是三生有幸啊！他如饥似渴地投入了黄总设计师领导的集体攻关战斗中。但谁也没料到的是，当研制工作取得重大进展时，"文化大革命"开始了，一切都偏离了正常的轨道……

然而，徐芑南没有迷茫，没有消沉，更没有随波逐流。不管发生什么样的风波，他都集中精力把全部心思放在自己的工作上。他学的是船舶设计，对潜艇的了解是有限的，但在大学学习的很多知识有相通之处，加之他边找材料、边学习、边做试验，最终在黄旭华等人的帮助下顺利完成了任务。

　　那个时候，年轻的徐芑南对潜艇有了较深的认识，准备大干一场。

　　当时，美国、苏联、日本等国家已经开始向大洋深处进发，载人深潜技术突飞猛进。1964年，美国的载人潜水器"阿尔文"号下潜达到了深海4500米。

　　时不我待，只争朝夕。

　　徐芑南急啊，如果不赶快追赶，我们国家落后得就更厉害了！他在工作之余，一头扎进图书馆里，查阅了很多书籍杂志，试图从中寻找灵感。可在那个年代，要想专心研究科学技术，实在是难啊！

　　只是单纯研读理论知识还好说，毕竟一个人待在宿舍

就可以办到，可是要到工厂去做试验，就不那么简单了。有时，徐芑南领着工人师傅们正在车间里忙碌着，大喇叭却哇哇地下通知："马上召开批判大会！"一些积极分子便鼓动工人们停工，个别不情愿的师傅也不得不扔下工具，悄悄地说："徐同志，不能帮你试了。我要不去参加，就会被'抓典型'，还要扣工资呢！"

"啊，那你去吧，我们再想想办法。"徐芑南只好让人家去开会。

刚才热气腾腾的车间，一下子冷清下来。

怎么办？试验还要不要进行下去？

徐芑南愣在那里想了一会儿，暗暗下定决心：接着干，绝不能半途而废。

人手少忙不过来，这难不倒他。很多时候，徐芑南都是一个人完成几个人的工作。他一会儿指挥行车隆隆地开过来，一会儿安排设备安装；在水池带人进行实验测试后，再到操纵室一条条地写分析报告，一个人干完了这个又干那个，忙得脚不沾地。累是真累啊，可却在无形中摸索着学到了很多东西，徐芑南慢慢成了一个"多面手"。

国内科研生产方面一片混乱，国际上西方还对我国实行严密的技术封锁。在那个非常年代里，徐芑南依然坚定信念，带领课题组成员，凭借一张美国海军实验室的照片以及若干文字资料，苦思冥想，绞尽脑汁，草图画了一张又一张，数据算了一次又一次……在工人师傅们的全力配合下，他们只用了三年时间，就自行研制出了我国第一台当卡环密封的压力筒设备。

20世纪70年代，船舶科研中心开始慢慢恢复秩序，走向正轨。徐芑南此时如鱼得水，如虎添翼，在进军深海的航程上大步前进。他根据多年的研究，又开创性地提出了双层壳、定比压力的新结构形式。在研究所领导和同志们的支持下，他历尽艰辛，百折不挠，主持创建了深海模拟试验设备群，建成了我国最大压力筒及系统——直径3.2米，高9米，压力高达25兆帕。

好一个徐芑南啊！凭借着家乡镇海传承的抗敌爱国精神，以及上海交大传授的学业和严肃认真的学风，蹉跎岁

月不蹉跎，做出了难能可贵的贡献，令人不得不对他肃然起敬。

或许，那首《蹉跎岁月》中的主题歌，就是徐芑南和他的课题组在非常时期的真实写照：

"一支歌，一支振作的歌，

一支蹉跎岁月里追求的歌，

憧憬和向往是那么多……"

下潜，下潜！

1990年的夏天，一个大雾迷蒙的早上，长江吴淞口外的水面上响起了"呜呜"的汽笛声，一艘日本货轮缓缓驶向外海。

突然，一艘悬挂着"米字旗"的英国货船迎面而来。不知是没有看清雾中的日本货轮呢，还是操纵系统出了问题，它竟然丝毫不减速，也没有转向，径直向前冲去。

直到两船距离很近了，站在驾驶舱内的双方船员几乎同时瞪大了眼睛，大叫一声："哎呀，快撞上了！转舵！"

可惜已经晚了，只听咚的一声，两艘货轮十分不情愿地"亲吻"了！

由于英国货船速度大，冲劲足，一下子把毫无防备的日本货轮撞了个晕头转向，前左舷上如同挨了水雷一样出现一个大洞，海水涨潮般地涌了进去。

瞬间，尖利的警报声响遍这片海域。不一会儿，闻讯赶来的救援船将不得不弃船逃生的船员救了起来。

英国货船上的船员伤势较轻，一边参与救助日本水手，一边操纵着还算"听话"的动力系统驶向岸边。而那艘倒霉的日本货轮，顷刻间陷入了海水包围之中，船头朝下，船尾高高翘起，很快就沉入黑暗的水底……

不幸的消息传出，震惊各方。

有关方面的工作人员云集出事地点，处理善后事宜。最关键的是尽快打捞沉船，弄清事故原因和损毁程度，核对保险金和理清事故责任。

但这片海域地质复杂，打捞不是那么容易。英国货船保险公司出价每天1000美元招标，希望派水下机器人潜海，十二天内探明沉船位置及地貌等情况，以便救捞。

中国人研究制造的一台水下有缆机器人，战胜了诸多外国先进仪器，一举中标，并迅疾被运到长江口，准备下潜探测。

"中国的ROV（水下有缆机器人）？能行吗？"外方人士将信将疑。

"这样吧，先让它下去抓把土上来，看看海底是沙还是泥。"中方操作人员满怀信心。

通电，启动，在岸上人员利用电缆按钮熟练地操纵下，这台水下有缆机器人慢慢潜入海底，作业一个小时后顺利返航。它不仅抓到了泥土，还准确地测定了沉船方位。第二天它又下潜探测出船蚀程度。第三天它再显身手，下水摸清了地貌，圆满完成了探查任务。

外方人士不由地伸出了大拇指："很好，中国的ROV！"

这台水下机器人，就是中国科学院沈阳自动化研究所（简称中科院沈自所）研制的水下有缆机器人——海人一号。

如此让国人扬眉吐气的行动，来自一项重大计划。

1986年4月，全国两百多名科学家云集北京，讨论研究制定有关国家发展高新技术的问题。经过反复探讨和论证，最终形成了《国家高技术研究发展计划纲要》。

当时，从世界高技术发展趋势和中国的实际出发，坚持"有限目标、突出重点"的方针，共选了7个领域的15个主题项目，即生物技术、航天技术、信息技术、激光技术、自动化技术、能源技术、材料技术……国务院决定拨款100个亿组织实施。

由于四位科学家写信建议和邓小平同志批示的时间都是1986年3月，因此这个高技术发展计划被称为"863计划"。上万名科学家在各个不同领域协同合作、各自攻关，很快就取得了丰硕的成果。

应该说，"863计划"的提出与实施，是我国科教兴国的一个重大战略部署，为中国在世界高科技领域占有一席之地奠定了坚实的基础。后来，随着国家需求和战略意识增强，"863计划"在具体实践中又不断加以完善，陆续组织了一些重大科技攻关专项，增加了海洋技术领域，包括海洋探测与监视、海洋生物术、海洋资源开发和海洋高技术装备主题等。

"863计划"就这样走向了海洋。其中有一项重大海洋装备课题，那就是研制水下机器人。

提到它，不能不提到一个名字：蒋新松！

在"863计划"正式实施之初，身为中科院沈自所所长、我国机器人研发的开拓者蒋新松，就被国家科委聘为自动化技术领域的首席科学家。

这是一位历经坎坷、矢志报国并为我国科技事业做出巨大贡献的传奇人物。

从20世纪六七十年代开始，蒋新松就开始了发展中国机器人的事业。蒋新松带领他的团队四处调研，了解到潜水员在水下工作时潜到20米以下很难看清目标。这引起了蒋新松的深思，他提出："结合中国国情，把研究特殊环境下工作的机器人，作为中国机器人技术发展的突破口。"他身体力行，选择海人一号水下机器人作为攻坚目标。从某种意义上说，这掀开了后来开发深海载人潜水器"蛟龙"

号的序幕。

开发海洋是人类在新世纪面临的重大课题，而探索、考察和有效利用国际海底区域，更是对我国发展海洋高技术和未来海洋产业提出了挑战。水下机器人分为有缆遥控潜水器（ROV）、无缆遥控潜水器（AUV）和载人潜水器（HOV）。蒋新松和他的团队研制的水下机器人系列，具有较强功能和可靠性，在沿海和内湖地区的水下探查、石油勘探、考古作业中发挥了重要作用。

与此同时，徐芑南也在本所领导和同志们的支持下，开始了水下工程的研发制造。

随着我国海洋工程的发展，对潜水器的需求越来越迫切，科学家们纷纷投入极大的热情和精力，一直研究潜艇的徐芑南更是责无旁贷。

他先后担任了四项潜水器的总设计师，创造性地研制出多型载人深潜器和水下机器人，工作深度由300米、600米、1000米发展到几千米，其控制方式从载人手控、有缆遥控发展到无缆智能控制。

多年以后，徐芑南感慨地说："无人的、有人的，有缆的、无缆的，几乎所有种类的潜水器，我都做过了。唯一遗憾的是，还没有机会完成大深度载人深潜器的研制。"

大海做证

随着人类对资源的消耗需求与日俱增，世界各国越来越多地把目光投向了辽阔无边的海洋。

深海技术被认为是与航天技术、核能利用技术并列的高新领域，而载人深潜器则是海洋开发的最前沿和制高点。

20世纪80年代，美国、法国、苏联、日本先后研制出4000米至6500米级的深海载人潜水器。80年代末期，徐芑南被任命为船舶总公司总设计师，提出了"赶超国际先进水平，攻克具有光纤通信的缆控水下机器人"的技术方案。缆控水下机器人是以援救为主、兼顾海洋油气开发的大功率作业型缆控无人潜水器。

水下有缆机器人靠身后的电缆接受各种行动指令，像被缰绳拴着的骡马；而无缆机器人更加智能化，像可以自由驰骋的赛马。但如果控制系统失灵，它在水下几千米的地方乱跑一气，后果不堪设想。国外就有一些无缆机器人跑失遗落的记录。有时，有缆的水下机器人也会因为断裂、脱钩等原因，丢失在茫茫大海里。

曾给日本深海科考带来荣耀的"海沟"号有缆无人潜水器，就不幸丢失了！

它长3米，重5.4吨，上面装备有复杂的摄像机、声呐和一对采集海底样品的机械手，是当时世界上下潜最深的无人探测器。

要知道，在海洋中每下潜100米就增加10个大气压，这就要求机器人的每一个部件都必须能承受住这么大的压力而不变形、不毁坏。

2003年5月29日，日本科学家利用"海沟"号在高知县东南大约130千米左右的海域，进行海底调查作业时发生了意外。

当时，"海沟"号的下潜深度为4673米，由于4号台风已经开始接近这一海域，操作人员准备提前结束调查作业。就在回收"海沟"号时，他们却只回收到了母船发射架，"海沟"号则因电缆断裂而不知去向。

操作人员大吃一惊，连续用方位测定器向"海沟"号发射了3次信号，但控制船没有接收到任何应答信号。

事情发生后，日本海洋科学界和日本政府为之震惊，他们决定先采取秘而不宣的方式进行搜索与救援，希望能找到"海沟"号的下落，甚至期盼着它能神秘地自动浮出水面，或者在大海深处向母船发出联络讯号。

然而，一个月过去了，奇迹没有发生，"海沟"号无声无息地消失在茫茫大海深处。

直至当年6月30日，日本方面才向外界公布了"海沟"号失踪的消息，宣告搜索结束。

众多海洋科学家为此痛心不已，一些人甚至将"海沟"号比作航天界爆炸的"哥伦比亚"号。他们认为，这个价值5000万美元的探测器是独一无二的，它的失踪对深海科学研究是一个重大损失……

我国研制水下机器人的主力军——蒋新松团队，在开展水下有缆和无缆100米、300米直至1000米的机器人研究时，把目光盯向更深的海域。蒋新松向国家科学技术委员会（简称国家科委）立下军令状：提前研制水下6000米无缆机器人。

这无疑是一个世界性高水平项目。水深，压力就大，对于材料、通信、自动控制等都有严格的要求。

谁能领军呢？蒋新松再次把目光投到了老伙计徐芑南的身上。

20世纪80年代，随着我国海洋工程的发展，对潜水器的需求越来越迫切，徐芑南所在的中船重工第七〇二研究所，也是国内研发潜水设备的基地之一，曾与蒋新松领导的中科院沈自所密切合作，先后创造性地研制出多型水下机器人。

1992年，中科院沈自所上报科技部的6000米深无人自治潜水器被批准立项，并列为"863计划"的重大课题。

蒋新松找到徐芑南说："老徐，你来当总设计师，咱们一起干吧！"

"好！不过七〇二研究所还有任务，我不知道能不能抽出身来。"

"这是863项目，全国一盘棋，你放心大胆地干，其他的事情我来协调。"蒋新松胸有成竹。

果然，在长达四年的研制过程中，作为这个项目的总负责人，蒋新松殚精竭虑，组织协调中科院声学所、中船重工第七〇一、第七〇二研究所等几十个单位联合攻关，效果显著。蒋新松本人也荣获"国家有突出贡献的优秀科学家"称号。

徐芑南也不负重托。他常年奔波于沈阳、北京和无锡之间，带领团队一心一意设计研发。

在精心组织下，经过艰苦努力，团队研制出两台先进的无缆水下机器人，工作深度达到1000米，甩掉了与母船间联系的电缆，实现了从有缆机器人向无缆机器人的飞跃。

从1992年6月起，他们又与俄罗斯科学院海洋技术研究所合作，以我方为主，研制6000米无缆自治水下机器人（CR-1）。

1995年8月，该水下机器人初试成功，使我国机器人的总体技术水平跻身于世界先进行列。

然而，非常可惜的是，正当他们积极准备进行太平洋应用试验时，这个项目的总负责人蒋新松却因积劳成疾，于1997年3月突发心脏病去世！

这令徐芑南团队痛心不已，真是"出师未捷身先死，长使英雄泪满襟"。但他们没有停止脚步，而是化悲痛为力量，更加奋勇拼搏，去完成蒋新松所长未竟的事业。

就在这一年的6月，波翻浪涌的太平洋上驶来了一艘中国科学考察船大洋一号。

虽说它有5000多吨级的排水量，但在夏威夷东南1000海里（相当于1852公里）之外的海面上，宛如一片树叶起伏着。

船员们忍受着超过40℃的高温，簇拥在摇晃的甲板上焦灼地俯视大海，终于在指定的时间和位置欣喜地发现了它——旋上水面的机器人。

现场一片欢呼："看啊，在那儿，上来了！成功了，我们成功了！"

原来，这正是中国6000米无人自治潜水器进行的应用性海试。潜水器吊装上母船甲板，科研人员从它的机舱里取出一面伴随机器人到达大洋深处的五星红旗，向蓝天展示，请大海做证！

这无异于成功发射了一颗返回式"海洋卫星"，一举达到了世界先进水平。从某种意义上说，这为发展载人深潜器迈出了关键性的一步，必将载入水下机器人的发展史册。

蒋新松如果九泉下有知，一定会绽开欣慰的笑容。

迎着徐徐的海风，伴着落日的余晖，随船试验的科研人员们肃立甲板，把三个月前逝世的蒋新松院士的部分骨灰撒入了太平洋，让这位酷爱大海的中华赤子投入大海的怀抱，在大海中永生。

当我们回顾中国7000米级载人深海潜水器"蛟龙"号的研发历程，不应忘记蒋新松这位研制中国水下机器人的前辈和先驱。

事实上，中国科技事业就是在这样一代代前仆后继、继往开来中发展起来的。

第四章

老将出马

深夜来的越洋电话

2002年年初的一个晚上，忙碌了一天的人们正准备上床休息，一个来自中国的越洋电话打到美国某地。接电话的，正是徐芑南！

此时，他已经退休六年了，与老伴方之芬在儿子家里安度晚年。可这个电话，让他的生命之树绽开了新花……

中国工程院院士、曾任中船重工第七〇二研究所所长的吴有生教授，在电话中告诉徐芑南："老伙计，7000米载人潜水器被批准立项了！我们想来想去，还是要请你出山，这个总设计师非你莫属！"

"是吗，太好了！"

对徐芑南而言，潜水器是他永远割舍不下的情缘。此前，有缆的、无缆的，无人的、载人的，几乎所有种类的潜水器他都做过，而做大深度载人潜水器，则是他多年的夙愿。

"我一定参加！不过，我年龄大了，做个顾问就行。"

放下电话，徐芑南激动地在房间里走来走去，招呼老伴、儿子马上订机票，恨不得第二天就回国。

可家人担心：他已经六十六岁了，而且身患心脏病、高血压、偏头痛等多种疾病。当初参加6000米水下机器人海试归来，他被查出一天心脏早搏1600多次，是需要安心休养的时候了！

"盼了多年的项目终于通过了，确实令人高兴，可你的身体行吗？"老伴方之芬与他同在七〇二研究所工作过，深知丈夫的心愿，更了解病痛对他的折磨，她陷入了两难之中。

"爸，您就别逞强了。如果累坏了身体，自己受罪不说，还会影响项目进程。我们不同意您回去！"儿子和媳妇坚决反对。

徐芑南摆摆手，说："你们啊，只知其一不知其二，我一思考潜水器，头就不痛了，血压也不高了。只要能为国家做好潜水器，我身上就感觉舒服。"

一时间，谁也说服不了谁。

夜深人静，月亮升起来了，又大又圆。

徐芑南夫妻俩一丝睡意也没有，还在你一言我一语悄声谈论着。

方之芬毕业于华东理工学院，这些年不但把家务活全包了，还为丈夫的科研事业做了大量辅助工作。大深度载人潜水器终于被批准立项了，她同样欢欣鼓舞。只是丈夫的身体，令她充满了担忧！

"我知道这个机遇太重要了，不过——"

方之芬欲言又止。

她想起了曾为发展中国水下机器人奋斗过的蒋新松院士，正是在六十六岁那年积劳成疾突然离世的，如鲠在喉的话终于说出了口。

"芑南，今年你也六十六岁了，况且身体又不好。虽说蒋院士身后给了很多荣誉，可我就是想要一个健康的你啊！"

刚说完这句，方之芬就后悔了：怎么能胡乱联系呢？

然而，徐芑南非常理解相濡以沫半个世纪的妻子心情。一句看似"不吉利"的话，埋藏着多么深厚的爱啊！

他拉过老伴的手，紧紧地握着："别担心，如果不让我参加，成天思虑这件事可能更不利于我的身体。咱们把这个项目做好了，过世的新松老兄，还有许多前辈的在天之灵都会高兴的。再说，我不是有你嘛！你就是我的幸运星啊！"

"你呀……"方之芬被丈夫的一席话打开了心结，脸色"多云转晴"了。

徐芑南走到落地窗前，拉开厚厚的窗帘，一缕明亮的月光照进了卧室，犹如祖国母亲伸来了一双热切的手。他回身向老伴点点头，又指了指窗外。方之芬会意地一笑，轻轻走过来依偎在丈夫身边。两人久久凝望着窗外的圆月，心儿已经回到了长江之畔、太湖之滨……

两天后，徐芑南和老伴说服儿子、媳妇帮助办好手续，两人放弃了安逸休闲的晚年生活，携手飞回国内，投身于7000米载人潜水器的研发与试验之中。

按说，"863计划"对于一个项目的总设计师，是有年龄要求的：六十岁以内的在职工程技术人员。徐芑南也做好了当顾问的准备，他想，只要能参加这个项目就行。可是，大家分析来分析去，还是感到他最合适。做总设计师要有两个基本素质：一是业务全面，二是协调能力强。这两项徐芑南都具备。

负责组织攻关的总体组组长刘峰，早在20世纪90年代初就通过研发无人自治式潜水器结识了徐芑南，被他的学识、人品所折服。7000米载人潜水器重大专项刚一获批，刘峰首先想到了这位老专家，力促其担任总设计师。

可徐芑南已退休多年，事情操作起来并不容易。

刘峰便直接给时任七〇二研究所所长的郡焕秋打电话，半开玩笑半认真地说："你们要是不把徐总请出来，这

个项目就不知花落谁家了！"

"哈哈，英雄所见略同，我们早就想到他了。"

果然，徐芑南答应出山后，中船重工第七〇二研究所和项目总体组联名向主管部门打报告，科技部领导经慎重研究后破格批准，聘任已经六十六岁的徐芑南为"7000米载人潜水器总设计师"。这一任职，就是整整十个春秋。

有人说，徐芑南的人生高度几乎可以用中国深海潜水器的下潜深度来衡量：600米、1000米、3000米、6000米和7000米！是的，中国载人深潜每前进一步，都有他的杰出贡献，他的梦想随着潜水器的下潜不断深入到更蓝更深的海域。

世间能有多少这样厚重的人生呢？

从风华正茂的少年到鬓发染霜的古稀老人，从普通的实习潜艇兵到世界级载人潜水器的总设计师，贯穿徐芑南整个人生旅程的只有一条主线——深潜，为的是让我国的潜水器载着潜航员、科学家潜入海底，去探寻那充满奥秘的海底世界。

神秘的海底世界

人类对于海洋，始终是既敬畏又热爱。远古不多说了，只以近现代为例。

从15世纪到17世纪中叶，是封建社会向资本主义过渡的时期，欧洲进入了大航海时代。葡萄牙的第一批船只绕过好望角，掀开了西方殖民世界的篇章。此时的国家利益，就是利用全球海上通道跨海占领殖民地，发展航海事业和世界性商业，进行资本的原始积累，占领海外原料产地和商品促销市场。

17世纪中叶到19世纪，欧洲步入资本主义时代，英国称霸海洋。19世纪的最后阶段，欧美一批国家进入帝国主义阶段，英国、法国、俄国、美国、德国、日本成为海洋

强国，也是世界强国。中国"洋务运动"曾想大力发展海军，但是，这个愿望由于清政府的昏庸腐朽而破灭了。

第二次世界大战之后，全球进入了新海权时代，主要特征是和平与发展，包括经济全球化、世界多极化、可持续发展等。海权本身也向多元化发展，将海上军事力量、经济力量、科技力量、管理能力等结合起来。此时，出现了几类海洋强国：美国是海洋霸权国家；苏联、英国、法国是海洋强国；日本和德国是开发利用海洋的强国……

直至20世纪下半叶，由于陆地资源稀缺，已经不足以支撑经济发展速度，深海海底成为人类最后一片知之甚少的未开发区域。随着深海潜水技术的不断完善，有此能力的国家越来越深入地去考察海底。占有丰富海洋的渴望与探索生命起源的热情，使世界兴起了新一轮开发海洋深层以及海洋底部的热潮。对此，人们形象地称之为"蓝色圈地运动"。

那么，幽深而寒冷的海底究竟有些什么东西呢？

1977年，美国"阿尔文"号深潜器在东太平洋中隆2500

米水深的加拉帕戈斯裂谷，发现有高温（300℃～400℃）、轻质（比重0.7g/cm^2）、富硫的热液以每秒数米的速度喷出，状如黑烟。这种"烟"，并非人们常见的因燃烧所产生的烟，它其实是一种水，由于高温而轻，而且含有不少金属元素，就像黑烟一样从海底喷出。

在广袤静谧的大洋深处，在一些特殊的地质构造里不断喷出浓重的黑色、白色或黄色的热液流体，与冰冷的海水相遇，就会发生化学反应，所携带的金属硫化物在喷口附近沉淀下来，并逐渐向上生长，形成烟囱状，科学家们称之为"黑烟囱"或"白烟囱"。但它们随之会很快倒塌，最终形成一片金属硫物矿床。

据此，科学家向我们描绘出了一幅生动形象的"海底图画"：60000千米长的大洋中脊首尾相接；无数"黑烟囱"喷出的金属硫化物堆积成了海底矿床；广袤的海底盆地分布着大量的锰结核、富钴结壳，里面蕴藏着丰富的贵金属，那里是人类最后的资源宝库。在这种情形下，世人看到了财富。深海石油及海底表面各种结核矿物的储量，足以使地球上的工厂运转数个世纪。

1983年，美国科学家首次在墨西哥湾佛罗里达陡崖发现了冷泉。这是一种海底天然气渗漏，是在全球广泛分布的自然现象，大多位于大陆边缘海底沉积界面之下，以水、碳氢化合物（天然气和石油）、硫化氢、细粒沉积物为主要成分，广泛发育于活动大陆和被动大陆边缘斜坡海底。

冷泉与热液相类似，其周围蕴含着丰富的矿物资源。它所产生的天然气水合物，被誉为"21世纪的洁净替代能源"。更令人惊喜的是：冷泉区发育的水合物还具有埋藏浅、品质高的特点。

此外，深海热液和冷泉系统打破了物种进化的规律，揭示了世界上的另一种生命循环系统。千百年来，人们都认为，万物生长靠太阳。是的，人类、动物、微生物的极大部分，其食物的最终来源是植物。绿色植物通过光合作用合成有机物质，供给自身及其他生物。食草动物吃草，食肉动物将食草动物的尸体吃掉，食肉动物死后被细菌分解最终又成为植物的"食品"，这一切均归功于太阳。传统理论认为，数百米以下的海洋深处一片漆黑寒冷，是不会有生命存在的。然而，深海载人潜水器的发明，使人类在海底发现了生物学上的奥秘：在热液口附近和冷泉区里，生活着大量的蠕虫、贝类、蟹类、鱼类以及一些根本说不上名的奇异生物。深入研究后，科学家们方知它们不依靠光合作用产生的植物或微生物生存，而是上述流体中富含甲烷、硫化氢和二氧化碳，可给一些微生物（细菌和古菌）提供丰富的养分，使低级生命（比如管状蠕虫）有了食物，进而又形成了鱼虾贝类的美餐，从而造就了一个崭新的生物链。

如此富饶丰硕的百宝箱一样的海底世界，怎能不令世人特别是一些有实力的国家垂涎三尺呢？

其实，商业性开采并不是唯一的目标。

从这里，军事家看到了制高点——谁先抢夺深海，谁就会在未来的海战中赢得主动，同时对陆地、太空形成强力的威慑和制约。

　　从这里，政治家看重的是权力——占据地球表面积近一半的国际海底区域，人类尚未可知的第四极，是这颗星球上最大的政治地理单元。

　　在关系到国家发展和民族生存的重大利益面前，我们中国人不能只做一名旁观者！

像鱼一样潜入海底

相传，马其顿亚历山大大帝曾经搭乘一只特制的玻璃箱潜入水下，观察海中千奇百怪的生物。在水下，水深每增加10米，水的压力就会增加一个大气压。因此，仅仅依靠氧气瓶等简单的潜水装备，人类无法窥探深海的景色。

而早在远古的中国，已经流传着一些关于海底的传说故事。那时的人们由于认知世界的局限，面对变化多端的风风雨雨、潮涨潮落等自然现象无法解释，尤其对波浪滔天的海洋充满了敬畏与恐惧，更不用说那深不见底、神秘莫测的大洋海底了。于是，出于龙神崇拜和海神信仰，我们的先人们便演绎创造出了"龙王"这一形象。

中国龙文化源远流长，从新石器时代先民们对龙的图腾崇拜，到今天人们仍然多以带有"龙"字的成语或典故来形容生活中神圣宏大的事物，比如"潜龙""蛟龙""龙腾虎跃""龙归大海"等，龙的形象深入人心。除了在中华大地上传播承继外，龙文化还被远渡海外的华人带到了世界各地。在国外的华人区或中国城内，最引人注目的装饰物仍然是龙。龙是中华民族的象征！

在西方，关于海洋的神话传说就更多了。其中，波塞冬是最重要的海神、海王、海皇，据说，他掌管所有水域。他坐在铜蹄金鬃马驾的车上，手握三叉戟，呼风唤雨。当他愤怒时，挥动三叉戟就能引起海啸和地震，掀起滔天巨浪；当他温柔时，挥动三叉戟可以击碎岩石，清泉从裂缝中流出，浇灌大地，使五谷丰登。

不过，在西方不断有作家创作着海底神话——

丹麦杰出的童话作家安徒生笔下的《海的女儿》，讲述了一个无比凄美的故事：

海的深处是海王的宫殿。海王有六个美丽的女儿，由于她们人身鱼尾，因此又被称为人鱼，其中最小的人鱼最美丽。在一场海难中，她救了王子并深深爱上了他。

海巫婆对她说："我煎一服药，会让你变成人，但如果得不到王子的爱情，你就会粉身碎骨。"

勇敢而痴情的小人鱼不顾巨大的痛苦，喝下海巫婆给她的药，从此拥有了一双健康漂亮的腿。

王子喜欢她，可只把她当作小妹妹，后来同邻国的一位公主结了婚。

小人鱼的心在碎裂，海巫婆给了她一把刀子，说只要让王子的热血流到她的脚上，她就可以恢复人鱼原形。

小人鱼颤抖着双手，把刀子远远地扔掉，她的身体一点点化为泡沫……

俄罗斯伟大诗人普希金笔下的《渔夫和金鱼的故事》，则描绘了一个贪得无厌的老太婆。

故事是这样的：

从前，有个老头儿和他的老婆住在海边一所泥棚里，他们的门前放着一只破木盆。

有一次，老头儿网到了一条金鱼。金鱼苦苦哀求："老爹爹，您把我放了吧，我会给您贵重的报酬。"

善良的老头儿说："我不要你的报酬，到蔚蓝的大海里去吧。"

谁知，他回去告诉了老婆，却遭到一顿痛骂，让他回去向金鱼要新木盆，要房子，还要当贵妇人。

老头儿只好一次次走向海边，向金鱼祈求。而金鱼也一次次满足了老太婆的愿望，直至她要当海上霸王。

这时，金鱼尾巴一划，游到深深的海里去了。老头儿空等了很久，只得回去。

这时，他看见，依旧是那间破泥棚，老太婆坐在门槛上，她面前还是那只破木盆……

这些作品已经比远古的神话传说有所发展和进步，海底王国和神鱼与人间生活发生了紧密的联系，以海为舞台，借景抒怀，反映了现实中的真善美，抨击了身边的假恶丑。这说明人们对海底世界有了更深刻的认识，甚至盼望亲身潜入深海中去观察、体验一番。

杰出的法国科幻小说作家儒勒·凡尔纳1869年写下了《海底两万里》一书，主要讲述了深海潜艇"鹦鹉螺"号的故事——

1866年，海上发现了一只疑似为独角鲸的大怪物，生物学家阿龙纳斯教授及仆人康塞尔受邀参加追捕，在追捕过程中两人不幸落水，到了怪物的脊背上。

他俩发现，这竟是一艘构造奇妙的潜水艇，船身坚固，功能齐全，利用海洋中大量的氯化钠分解出来的钠发电，提炼海洋中的有机物做生活用品。

船长尼摩是个不明国籍身份的神秘人物，邀请阿龙纳斯进行一次海底旅行。他们从太平洋出发，经过珊瑚岛、印度洋、红海，进入地中海和大西洋。

旅途中，阿龙纳斯一行人领略了无数美景，同时也经历了许多惊险奇遇：

在巴布亚新几内亚，他们的船搁浅了，遇到土著人的攻击，尼摩船长用他连接在金属梯子上的电挡住土著人进入"鹦鹉螺"号；在印度洋的珠场和鲨鱼展开过搏斗，捕鲸手尼德·兰手刃了一条凶恶的巨鲨；在南极他们被困在厚厚的冰下，船上极度缺氧，但船上所有人轮流用工具和开水把底部厚10米的冰层砸薄，用潜艇的自身重量压碎冰块，脱离困境。

他们眼中的海底，时而景色优美、令人陶醉，时而险象环生、危机四起。通过一系列奇怪的事情，阿龙纳斯终于了解到神秘的尼摩船长仍与大陆保持联系，用海底沉船里的千百万金银来支援陆地上人们的正义斗争……

令人称奇的是，在凡尔纳创作《海底两万里》的时代，世界上还没有一艘可以在水下遨游的潜水器，甚至连电灯都还没有出现，而他却已经在小说中描绘了"鹦鹉螺"号潜水艇。该潜水艇能够利用海水发电，保持源源不断的动力。

其实，凡尔纳并非先知先觉者，更没有只身穿越到未来，他的秘诀就在于广泛地收集资料和尽情地发挥无与伦比的想象力。凡尔纳时常阅读科普文章，浏览报纸和杂志，了解科学进展动态，将当时科学发展的最新成果写进了这部小说，他朝着枯燥冰冷的科学数据里吹进一阵浪漫主义之风。

凡尔纳不厌其烦地介绍诸如海流、鱼类、贝类、珊瑚、海底植物、海藻、海洋生物循环系统等信息。此外，他或是借用故事人物之口，或是让故事人物透过舷窗向外张望，有时还让故事人物走出潜艇实地观察，用照相式的实录，逼真生动地再现了美丽神奇的海底世界，令人在趣味盎然的阅读中吸收大量的科学知识。

书中主人公曾这样感叹："实在是难以形容、难以描绘的景象！啊，为什么我们不能交换彼此所感到的印象？为什么我们被关禁在这金属玻璃的圆盆中？至少，希望我们的生活能跟繁殖在海水中的鱼类一样，或更进一步，能跟那些两栖动物一样，它们可以在长时间内，随它们的意思，往来地上，游泳水中！"

从某种角度上说，这是凡尔纳向未来发出的呼吁和邀请。海底，人们就要来了！

《海底两万里》问世后，法国人大受启发，制造出一种真实可用的潜水艇，从外观样式到内部结构，与小说中描写的"鹦鹉螺"号大同小异。

历史上第一艘成功炸沉敌舰的潜艇是在美国南北战争时期。劳升·汉利建成"汉利"号潜艇，乘员八人，手摇柄驱动，其前端外伸一个炸药包，碰触敌舰即爆炸。1864年2月17日晚上，它成功炸沉北方联邦的"豪萨托尼克"号护卫舰，不料却也给自身带来了麻烦——因爆炸产生的漩涡而沉没。

这一时期的潜艇基本是沿着作为战争武器的道路发展的。因此，它通常没有观察外部的舷窗，乘员难以在水下了解外面的情况；而且，潜艇为军事行动设计的构造，也决定了不可能潜得太深。想要在深海进行真正的长时间水下研究，就需要一种全新的潜水机械。

真正研制出具有实用价值深海潜水器的人，是瑞士人奥古斯特·皮卡德父子。从孩提时期起，皮卡德就格外喜爱物理和机械。大学毕业后，他获得了机械工程学位，成为布鲁塞尔大学最年轻的教授。一天，他躺在花园里绿茵茵的草地上，出神地仰望着蔚蓝色的天空，那富于奇思妙想的脑海又翻腾了起来……

1933年，皮卡德在美国芝加哥举行的世界商品博览会上，遇见了发明深海潜水球的威廉·毕比和奥迪斯·巴顿，以及他们的成果——"进步世纪"号。热情的毕比绘声绘色地讲起了绚丽多彩的海底奇观，勾起了皮卡德遨游深海的愿望。同时，皮卡德也感到不足：由于依赖钢索吊放牵引，毕比和巴顿的"进步世纪"号下潜深度有限，且不能在水下自由行驶。

"能不能制造一种独立沉浮并自航的深潜器呢？"

一个又一个的设计方案拿出来了，可一次又一次地被推翻了，皮卡德继续苦思冥想。

那天，他正对着满桌的草图发呆，忽然举手拍着额头嚷起来："有了！有了！"

原来，他多年研制高空气球的经验点燃了发明思路的火焰。他把气球携带密封吊舱的原理，引申到深潜器的设计上来，并称之为"水下气球"。

两者十分相似：均由主宰浮沉的浮体和载人的耐压球形舱组成。下潜时，让水灌入浮体，压缩里面的汽油，致使浮力减少而下沉。上浮时，则把水排出，并切断电源，让电磁吸住的钢丸自动抛掉，从而获得足够的浮力。这样一来，潜水器完全可以脱离系缆绳，在海洋深处自由沉浮和航行。这是一个里程碑式的突破。应该说，直到今天各国发展深潜器，还都是沿着皮卡德的这条思路前行。

1948年，皮卡德终于研制成世界上第一艘自航载人深潜"FNRS-2"号。耐压球形舱直径2米，壁厚90毫米，能抗400个大气压。也就是说，这艘深潜器可以潜入4000米的海底。

为了获得可靠的数据，皮卡德决定自己驾驶这艘深潜器进行试验。当按预定计划下潜到25米时，他松了一口气，立即抛载上浮。

　　初战告捷！证明这种理论和设计是完全可行的。只不过应该不断完善改进，使之下潜得深点、再深点。不久，皮卡德对深潜器的结构强度和沉浮系统进行了改造，研制出了第二个"水下气球"——"FNRS–3"号。并且，他带着儿子雅克·皮卡德一起驾驶它，潜入了1000米左右的深海。

　　这一年，老皮卡德已经六十六岁了，尽管雄心万丈，但年岁无情，他决心培养儿子成为深海探险事业的接班人。小皮卡德自小耳濡目染，养成了热爱科学、勇于探索的进取精神。1953年，他们来到了意大利的港口城市的里雅斯特，建造了第三艘深海潜水器。为了纪念和感谢当地人的支持，父子俩就将潜水器命名为"的里雅斯特"号。

　　然而，这种类型的大深度载人潜水器，需要很大的浮力舱，又要在海上装载大量汽油，且缺乏自主巡航能力，建造与使用都很不方便。所以，此类深潜器以后就没有继续大规模发展。不过，人类征服深海的步伐并没有停止，而是将视线转向自由自航式潜水器的研制。

法国人一马当先。他们本是科幻小说《海底两万里》作者凡尔纳的故乡人，探秘海底自然不愿落伍，在20世纪80年代中期首先研制成工作水深6000米的"鹦鹉螺"号载人潜水器。瞧，连名字都来自于凡尔纳的那部小说。

"鹦鹉螺"号重量为18.5吨，可载3人，水下作业时间5小时，装有两只分别为6自由度和5自由度的机械手和用作工具箱、样品存放的采样篮，并配有海水取样器、沉积物取样器，以及液压锤和其他切割工具，可以进行多种海底样品的采集和其他作业任务。它具有重量轻，上浮和下潜速度快，能侧向移动，观察视野好，可携带一个小型有缆遥控潜水器等特点。

迄今为止，"鹦鹉螺"号已进行过多金属结核区域、海沟、深海海底生态等调查，沉船、有害废料搜索等潜次，下潜海底1000余次。

2009年6月1日，法航一架空客A-330客机在大西洋海域上空失事，机上228人全部遇难。"鹦鹉螺"号被派去寻找客机上的"黑匣子"，在确定准确方位后，三名潜航员乘坐"鹦鹉螺"号下潜至3900多米海底，顺利完成了任务，为确定空难原因找到了证据。

其次，俄罗斯是目前世界上拥有最多载人潜水器的国家。1987年前后，苏联和芬兰联合研制了两艘6000米载人潜水器，分别称为和平一号和和平二号，重量均为19吨，水下瞬时航速高达5节，垂直潜浮速度可从每分钟几厘米到每分钟35米～40米，备有高分辨率的摄像系统，两只多自由度机械手和一套取样装置。

二十多年来，这两艘载人潜水器在太平洋、印度洋、大西洋和北极海底进行了上千次的科学考察，包括对海底热液硫化物矿床、深海生物以及浮游生物调查和取样；大洋中脊水温场测量；失事核潜艇"共青团员"号核辐射检测，"泰坦尼克"号沉船的水下摄影，以及拍摄了惊心动魄的3D电影《深海幽灵》……

第二次世界大战结束之后，战败国日本凭借美国的庇护，经济迅速发展起来。作为一个海岛国家，日本自然不会对深潜无动于衷，早在20世纪六七十年代便着手研制无人和载人深潜器。1989年，日本研制出潜深为6500米的载人潜水器，命名"深海6500"号。它重26吨，水下作业时间8小时，装有三维水声成像等先进的观察装置。"深海6500"号曾下潜到6527米深的海底，进行过锰、钴和热液矿床等资源调查，还在4000余米深海处发现了古鲸遗骨及其寄生的贻贝类、虾类等典型生物群……

当然，此类载人潜水器的典型代表还是美国的"阿尔文"号。它始建于20世纪60年代初，由美国海军提供资金研制，美国伍兹霍尔海洋研究所（WHOI）负责运营，主要用于科学考察，可同时搭载一名驾驶员与两名观察员，最大下潜深度为1829米，排水量12吨，长度为7.132米，高3.38米，宽2.62米，航行半径为6英里，航速可达到1节，由

5个水力推进器驱动，安装有一套由铅酸电池提供电能的供电系统。

自从问世以来，"阿尔文"号在水下创造了诸如探测海深、打捞物品、发现热液冷泉生物等伟业奇功，并闻名世界。1972年，它换上了新的钛金属壳体，将下潜深度提高到了3658米。1994年，它能够深潜至4500米。"阿尔文"号每年大约下潜150至200次，总计已进行了超过5000次的深海科学考察，被人们称作"历史上最成功的深海潜艇"。

1977年，海洋科学家在"阿尔文"号的帮助下，于加拉帕加斯群岛海岸线附近2000米深的大西洋海底中发现了热液孔，记录了约300种新型动物物种，包括细菌、长足蛤类、蚌类和小型虾类、节肢动物，以及可在一些热液出口处长到3米长的红端管状虫类。

以此为标志，引发了一场持续至今的涉及海洋、生命等学科的革命，打破了"万物生长靠太阳"的传统理念。

几十年下来，各国海洋学者乘"阿尔文"号深潜器开展科研工作，陆续发表的科学论文已有两千多篇。

　　毋庸讳言，我们的"蛟龙"号深海潜水器，在研制和海试期间，也多次借鉴"阿尔文"号的成功经验。

深海，中国人来了！

探秘深海，没有"利器"是不行的。

联合国国际海底管理局规定，申请公海海域矿区，必须提交完备的海洋地质和矿物资料。而掌握这些珍贵而难得的海底资料必须依赖于先进的高科技深海探测器。在20世纪80年代之前，世界上具有深海载人潜水器和探测能力的，只有美国、法国、苏联、日本等少数几个国家。

那么，中国的海洋科技活动是如何启航并远征的呢？美国传统基金会研究员迪恩认为："863计划"是一个转折点，它重塑了中国与多个技术领域的关系。实际上，早在20世纪90年代初，国内不少有识之士就曾呼吁研发大深度载人潜水器，最典型的是中船重工第七〇二研究所。这是我们船舶工业研发与设计的国家队，也是高等级海洋装备系列的孵化室。著名的水弹性力学与船舶力学专家、中国工程院首届院士吴有生出任所长后，力主开拓创新、双向发展，既积极争取国家高科技项目，又瞄准市场需求。

这时，在"863计划"机器人领域首席科学家蒋新松组织协调下，以徐芑南为总设计师的无人自治式6000米深潜器正在研制，胜利已然在望。吴有生敏锐地意识到，大深度潜水器将是国家开发海洋的"利器"，应该加大工作力度。他一方面成立了水下工程研究室，另一方面又组织所内专家徐秉汉、徐芑南、沈泓萃等人进行研究论证，向国家有关部门打报告——早日立项开发载人深海潜水器！

可惜的是，当时人们还没有真正认识到这项提议的重要性。有关部门研讨了申请报告后，以"目前还不是十分需要、国家财力有限"为由没有批准立项。其实，最根本的原因是没有迫切的"用户"。联合国国际海底管理局成立之后，2001年与中国大洋矿产资源研究开发协会（简称中国大洋协会）签订了在夏威夷附近的东太平洋海域7.5

万平方公里多金属结核勘探合同区，水深约5300米。合同规定：15年内，我国具有专属勘探权，未来具有优先开采权。如果期满不具备商业开采价值，可以申请延长5年，过时收回。这样一来，中国如果没有高精尖的深海技术装备，将缺乏有效完成海底探测的能力，既与我们这样一个海洋大国的地位不相称，也会使到手的勘探矿区功亏一篑。作为代表国家履行勘探开发深海职责的中国大洋协会，就是最直接、最迫切的载人深海潜水器的"用户"！

2001年1月16日，中国大洋协会在北京组织召开了"深海载人潜水器座谈会"，专题研究如何大力发展深海载人技术装备。国家海洋局原局长张登义，时任国家海洋局副局长的倪岳峰，时任中国工程院副院长的王淀佐等11名院士和外交部、发改委、科技部、大洋协会常务理事单位，中船重工集团机关及第七〇二研究所相关的领导、专家参加了会议。在这次会议上，各方达成了共识：尽管无人深潜器具备安全、自由的优点，但无法代替科学家深入海底进行具体观察和勘测。为了早日登上深海开发的头班车，我国一定要发展载人潜水器。

生活就像海洋，波浪一个接着一个，目标确定后又遇到了新问题，展开了新争论：究竟研制多大深度的载人潜水器为宜？

大家互不相让，各持己见。

一部分人认为："三大洋平均水深不超过5000米，而矿藏资源大都集中在4500米左右的海底，我们研制4500米级的深潜器就可以了，技术上、材料上都更好掌握一些，也比较安全。"

另一部分人认为："正因为你没有这个装备，去不了那么深的地方，才不清楚在大深度的海底有什么科学价值。世界上只有美国、法国、俄罗斯和日本有载人深潜能力，但最深也就是6500米。作为海洋大国，我们有责任把世界深海技术推向前进，直接研发7000米以上的深潜器，几十年也不落后。"

种种方案各有长处，又都有不足。经过不断交锋、碰撞、融汇，由国家科技部高新技术发展与产业化司（简称科技部高新技术司）汇总，报到了时任国家科技部部长的徐冠华手中。

徐冠华部长接到报告后，没有马上下结论，而是带队来到七〇二研究所深入调研，综合评判，同时向我国分管科技的老领导——前任国务委员、国家科委主任、时任全国政协副主席、中国工程院院长的宋健同志做了汇报。

在宋院长明亮的办公室里，徐冠华带领高新技术司、大洋协会的人员，一边打开有关资料，一边分别讲述了几种方案。

"各方面意见都有一定道理，你们的看法呢？"宋院长听完汇报后问道。

"我认为，要做就做高水平的。"徐冠华旗帜鲜明。

从战争年代的胶东半岛走来的宋健，既是一位早年当过"小八路"的老干部，又是一名留学苏联并获得过博士学位的科学家。他生长在大海边，又长期担任国家科技事业的领导人，深知我国进军深海大洋的战略意义，反复思

考后他表态了。

"在这个领域，我们已经落后欧美和日本很多年了，现在要迎头赶上！要我看，一是要自主，二是要超前。外国这个类型最深的不是6500米吗？我们就做7000米的，拿他个世界第一！"

"好！"听到老领导态度如此坚决，徐冠华长舒了一口气，"技术上不是问题，关键是抗压材料和浮力材料。7000米级的可以到达全球绝大多数海域，够用了。"

"前几年我们就制定了'上天、入地、下海'的科技规划，如今'上天、入地'都有了很大进展，'下海'也应有所突破。我们要在前人的基础上再前进一步。通过这次大深度载人潜水器的研发，还可以培养一批高科技人才，带动相关方面的研究与制造。你们按照这个思路再好好论证一下，拿出一个切实可行的计划来……"

宋健，作为国家科技事业的领导人，站得高看得远，更加坚定了科技部、海洋局、大洋协会的信心。经过一番严谨细致的论证，各方面统一了思想认识。

中国大洋协会办公室的金建才、刘峰等人抓紧草拟立项报告。科技部高新技术司组织审核，终于将"7000米载人潜水器"项目立了项，并且列入国民经济"十五规划""863计划"等重大专项。

国家海洋局作为本专项的组织部门，中国大洋协会作为用户，负责具体组织协调实施。历史使命就这样光荣而艰巨地落在了他们身上……

带出一支「龙之队」

正因为这样，徐芑南退休六年后，又有机会重新披挂上阵，当上了7000米级载人潜水器的总设计师，带领一批中青年科研人员，在大时代中续写深潜传奇，成就了事业的深度和人生的高度。

身患高血压、心脏病，眼睛也仅有一点微光，徐芑南的健康状况实在大不如前了。考虑到国家的海洋深潜装备需要，再加上这可是几十年来都想完成的一个心愿，为此他毫不在意自己的身体，义无反顾地投入进去。老伴方之芬和他一起回国参加了这个课题组，既当助手，又照顾他的身体。

此前，我国的载人潜水器最大下潜深度只有600米，从600米到7000米，要攻克的技术难关可想而知。徐芑南带领研发组靠着信念和毅力一步一步走来。看资料，他就用放大镜，或让老伴念给他听。他的右眼视网膜已经脱落，左眼视力也不好，要走得特别近，才能看清来者是谁。设计图、说明书，全靠老伴帮助呈现在电脑上。

在整个设计研制过程中，徐芑南几乎每年都要犯心脏病，因此成了医院的常客。每次住院，医生都要求他至少住两个星期，可病一有好转，他就会悄悄溜出医院。

按照中船重工第七〇二研究所提交、经过中国大洋协会组织论证的设计方案，"7000米载人潜水器"由载人潜水器本体和母船支持系统组成。

潜水器本体包含潜水器总体性能集成、水动力系统、载体结构系统、重量调节系统、应急安全系统、动力源系统、液压系统、作业系统、控制系统、通信定位系统、观察系统和生命支持系统等部分。由中船重工第七〇二研究所、第七〇一研究所、中国科学院声学研究所（简称中科院声学所）、中科院沈自所等单位负责研制。母船支持系统由

7000米载人潜水器的用户——中国大洋协会负责保障。

此外，这个方案还列举了美国、日本、法国等国家的同类型潜水器的技术特点、国际市场上的浮力材料、光学仪器、加工工艺等行情，指出借助国际深潜科学界的宝贵经验，坚持需求牵引、技术引进与自主开发相结合的原则，高起点、跨越式发展我国深海潜水器技术切实可行，有信心也有能力在2005年研制出满足用户需要的载人潜水器。

2001年12月23日，科技部高新技术司、"863计划"重大专项组在北京组织召开评审会，通过了"7000米载人潜水器"总体设计方案论证报告。这就等于签发了中国大深度载人潜水器的"准生证"，一场精心组织实施的深海潜水器大战拉开了序幕……

根据设计方案，项目领导小组和总体组明确了分工：中船重工第七〇二研究所负责本体设计加工、总装联调，中科院沈自所负责自动化系统，中科院声学所负责水声通信系统，中船重工第七〇一研究所负责水面支持系统，国家海洋局北海分局负责试验母船改装。此外，还有中船重工第七二五研究所、中船重工第七五〇研究所、北京长城无线电厂、青岛海丽雅集团、河南新乡电池研究院等单位组成的攻关团队，开始踏上"蛟龙"号的研制之路。

其中，以徐芑南为总设计师的七〇二研究所水下工程研究室，承担着潜水器本体成形和最后调试的重任。为此，七〇二研究所专门组成了"7000米载人潜水器"领导小组和办公室。全所一盘棋，全力攻难关。

徐芑南召集大家开宗明义："这是一项系统工程，完成这样一项工程，在我看来最重要的是八个字：全局观点，统筹兼顾。"

这八个字说来简单，实施起来难度却非常大。徐芑南从容应对，调动起自己全部的人生积累，与所内吴有生、徐秉汉等专家学者密切探讨，充分发挥集体智慧，严格遵循"设计理念、专家咨询、样机试验、实物考核"的研制程序，确保"下得去，能干活；上得来，保安全"的总体设计理念得到落实。

当时最大的困难是缺人。七〇二研究所的水下工程研究室正处于人才的"断档期"。研制"蛟龙"号，总设计师班子就需要好几个人：总设计师、副总设计师、总质量师……除此之外，深潜器的分系统有12个，每个都需要主任设计师。而且，由于国外技术封锁，从最初设计到最终海试，都得自己闯。

这支研发团队是怎样搭建的呢？

这次，徐芑南所花费的心血比以前承担过的项目要多上几倍。"总设计师重要的是做好顶层设计，但更重要的是在实战中带出一支年轻的队伍。"他与第一副总设计师、七〇二研究所副所长崔维成商量，将已经退休的老研究员许广清等人请回来当顾问，又加紧培养年轻人，并让年轻人担当重任。

"战斗"打响了，完全是从零开始，白手起家。

整个本体组只有徐芑南在国外参观过载人潜水器，但也没有参加过下潜；其他人还只是从照片上、视频资料里看到过，至于潜水器内部是什么样，没人知道。徐芑南听说，浙江大学的陈鹰教授曾去日本访问并进入过"深海6500"号潜水器，便组织分系统的主任设计师们，如胡震、刘涛、叶聪、程斐等人，前去拜访。

由于大家都想多了解一些情况，各自准备了很多问题，有的用A4纸打印出来几大张，十几个人一起奔赴西子湖畔，团团围住陈鹰教授，七嘴八舌地询问。

一开始，陈教授还吓了一跳，以为出了什么事情呢。继而，他为这些科学同行们的探求精神所感动，来了个"竹筒倒豆子"，将自己所知道的和盘托出。

"你们看，这是我拍的'深海6500'号潜水器的照片，外观与'阿尔文'号差不多，只是这几个地方有些改动……"

"那它的巡航设计采用什么原理呢？"

"内部电力系统是如何分配的？"

分工不同的主任设计师们最关心本专业信息，连珠炮似的发问。

"这个……说实话，当时我没想到咱们这么快也搞起来了，就没在深潜器本身上多留心，只是专注于我的研究方向了。"

"那请陈教授多讲讲印象深的观感吧！"

"好！"

陈鹰结合着当时拍下的一些图片，尽量回忆着……

尽管杭州之行收获不大，但还是让七〇二研究所的访问者们有了一定的感性认识。回来后，他们便在徐芑南、崔维成等人的组织下，经过热烈而细致的讨论，分头考虑自己的方案，然后制作一个1∶1钢架木制模型，将它平卧在那座红砖车间里。

各个分系统的设计者们就围绕着这个"假家伙"，一点一点地摸索着、研讨着。他们有时皱着眉头看上半天，茶饭不思；有时陷入针锋相对的争论，面红耳赤：

——据压强计算公式，水深到达7000米，压强会达到每平方厘米700千克，即每平方米要承受7000吨的压力。陆地上坚固的钢板，此时变得像纸片一样"脆弱"，听任海水挤压折叠。什么样的材料，才能让"蛟龙"在水下成为一条真正的中国龙？

——与太空空间站可利用太阳能不同，深潜器在海底只能靠自身携带的能源。浸泡在可以导电的海水中，潜水器的电池系统需要承受的考验更为严苛。

——整个潜水器上的电线电缆多达几百根，有些故障只有在深海几千米的水压下才会发生，等潜水器返回，电缆状态已经改变，很难再排查故障。怎么办？

一块块难啃的技术骨头背后，是数不清的尝试、挫折、改进和提高。为了解决这些难题，负责加工安装的工人师傅们想得头发都白了。其中，七〇二研究所的钳工顾秋亮是他们的优秀代表。

深海载人潜水器有十几万个零部件，组装起来最大的难度就是密封性。"蛟龙"号的载人球是在俄罗斯定制的，安装球体与玻璃的接触面，必须控制在0.2丝以下，这只有

一根头发丝的五十分之一。观察窗的玻璃异常娇气，一旦摩擦出一个小小的划痕，在深海几百个大气压的水压下，玻璃窗就可能漏水甚至破碎，危及下潜人员的生命。

"顾师傅，这可是个精细活儿，你们一定要精心再精心啊！"总设计师徐芑南特意来到车间，找到装配组长顾秋亮千叮咛万嘱咐。

"放心吧，徐总！我们会用心做好的。"顾秋亮并非在吹牛。即便是在摇晃的大海上，他纯手工打磨维修的潜水器密封面平面度，也能控制在两丝以内，因此人称"顾两丝"。

2004年，"蛟龙"号开始组装，顾秋亮带领大伙一点点摸索着干。时间长了，他的两只手基本上没有纹路了，连考勤打卡都成了问题。就凭着这种劲头，整个团队夜以继日、兢兢业业，硬是把我国的第一台7000米载人潜水器装配起来了。

其他各个部门都是这样呕心沥血、精益求精，一点一点探求着，方才闯过一道道难关。

多年后，徐芑南回忆说："这台深潜器有12个分系统，每个分系统都有自己的难点，每个问题都必须要解决，不能有短板。我们通过不断的仿真分析和模型实验，实现了12个分系统在技术上的无缝对接……"

为了统筹组织好载人潜水器12个分系统的工作，他根据以往的工作经验，通过与其他技术、管理人员的研究实践，进一步提高了输入、输出、约束、支撑四要素分析法，协调和固化各分系统之间的技术接口和管理接口，将每一个分系统的时间节点、约束条件、支撑性能串联起来并制成表格，按表工作，大大提高了效率和质量。

载人潜水器要想在海洋中自由上下，按常规就必须得有足够的能量来源，但这无疑会增加潜水器的重量，而增加重量必然会影响整个潜水器的技术指标。最后，设计师们选择了"无动力下潜上浮技术"。

徐芑南说："我们在潜水器两侧配备四块压载铁，重量可根据不同深度与要求进行调整。在下潜过程中，压载铁使潜水器具备负浮力，按照一定速度下潜；当潜水器到达设定深度时，可操作抛弃其中两块压载铁，使潜水器基本处于零浮力状态，保持在这个深度上实现作业，包括航行、拍照、取样等；当任务完成时，再抛弃另外两块压载铁，使潜水器具备正浮力，按照一定的速度上浮，到达水面。"

按照这样的设计，"蛟龙"号载人潜水器最快下潜上浮速度是每分钟42米，也就是说到达7000米海底大约需要3小时。然而，即使下去了，直接面对的是复杂的海洋环境，7000米深海区要求载人潜水器上的所有设备都必须承受相当于70兆帕的深海压力，并且耐得住海水的侵蚀。此外，还要有语音、文字和画面传输的技术，在深潜器内部配备完善的水声通信系统、水声定位系统和视频系统、自动化控制系统等。这些都需要徐芑南团队精心设计、密切配合，才能获得成功。

整整五年的时间里，四面八方的有志男儿汇聚无锡。除了七○二研究所本体组的科研人员天天忙碌在设计室、车间之外，还有中科院声学所、中科院沈自所、国家海洋局北海分局等单位的科研人员，也一连几个月"蹲"在这里上班，以至于传达室的保安员、食堂里的炊事员以为他们已经调到本单位工作了，熟悉地叫着"老张""小李"的名字。

就这样，按照中国特色的"土办法""攻坚战"，我国7000米级载人潜水器一点一点地成熟起来了。

徐芑南总设计师也带出了一支"龙支队"……

第五章

进军深海

超龄海试队员

一个具有历史意义的日子终于来临了！

2009年8月6日上午，江苏省江阴市的苏南国际码头，彩旗招展、鼓乐喧天，一片隆重热闹的景象。主席台背景布上以大海和蓝天为衬底，"1000米载人潜水器海试启航仪式"大幅字样光彩夺目，人们怀着激动兴奋的心情，簇拥在挂满彩旗的"向九"科学考察船前。四个硕大无朋的气球将条幅高高带向空中，上面写着：

"衷心感谢领导和同志们的关心支持"

"牢记祖国和人民重托，坚决完成海试任务"

……

此时此刻，由国家海洋局和中国大洋协会主办的7000米载人潜水器第一次海试（1000米海上试验）的启航仪式，正在这里举行。

破天荒、开先河的第一次，既让人对它充满期待与祝福，又不免怀有忐忑和担心。

9时整，全体参试人员身着统一海试服装，整齐地列队在试验母船左舷甲板上，现场指挥部和临时党委成员、试航员、科研人员代表等15人，则在码头主席台正面列队。

中国大洋协会办公室主任金建才主持仪式。

时任国家海洋局副局长、中国大洋协会理事长、载人潜水器海试领导小组组长王飞首先致辞。他代表国家海洋局、海试领导小组向参加海试的全体队员致以崇高的敬意和祝福，而后他说道："海试是整个载人潜水器研制工作的关键阶段，是我们走向成功迈出的重要一步，我们要清醒地认识到，海试工作会遇到很多想象不到的困难和问题。我希望广大参试人员继续发扬'团结协作、严谨求实'的载人深潜精神，本着'由浅到深、安全第一'的原则，按照海试大纲的要求，精心组织，科学安排，顺利完成各项试验工作。"

一阵热烈的掌声中，主持人金建才走到话筒前，庄严宣布："下面请海试现场总指挥刘峰带领参试队员代表宣誓。"

刘峰（现场总指挥）、刘心成（临时党委书记）站在前边，各研发单位的代表、海试母船船长政委以及三位试航员等15人整齐列队、昂首肃立，两名武警战士手托红旗，迈着正步走到队列前面，展开升起，一面鲜艳的五星红旗飘扬在人们面前。

刘峰总指挥一声口令，全体队员代表举起右手，随着他的领颂齐声跟读："我们宣誓：一定服从命令，精心操作，同舟共济，不辱使命，战胜一切困难，确保海试成功！请祖国放心！请人民放心！……"语音铿锵，掷地有声，如同洪钟大吕、春雷激荡，传向会场四周，传向高天远洋。

徐芑南昂首挺胸站在那里，与大家一起高声宣誓。这一年，他已经七十三岁了，老伴方之芬也已六十七岁，按说他们俩不能再参加海试了。可为了能够亲眼看到自己多年的努力变为现实，徐芑南坚决要求上船。

他说："作为总设计师，如果不参加试验，那是不完整的，也是不能交工的！我一定要去！"

"您在现场当然好了，可是您的身体……"

"身体没问题！"

看他如此迫切和坚决，海试领导小组经过慎重研究，破例批准了。由此，徐芑南也就成为此次海试中年龄最大的队员，并且被任命为副总指挥。

"夫唱妇随"，这在徐总老两口身上体现得尤为明显。不管徐芑南走到哪里，做什么事情，方之芬都要紧跟在身后，既是伴侣、护士，又是秘书、助手。这次参加海试也不例外，本来乘长途汽车都要头晕的她紧跟老伴，为了以防万一，她还带上了一大堆药品和氧气袋……

宣誓完毕，15名少先队员手捧鲜花跑来，向15名参试人员代表行礼并献花。大家在总指挥刘峰和临时党委书记刘心成的带领下，依次登上试验母船，与早已做好准备的其他海试队员会合。

王飞副局长高声宣布："'向阳红09'号船执行载人潜水器1000米海试任务，现在启航！"

广播里响起雄壮的《歌唱祖国》乐曲，船上和岸上的人们纷纷挥手告别，"向九"船一声长鸣，"呜——"，缓缓离开江阴码头，驶出长江口，奔赴大海……

不料，"向九"船还在长江口行驶时，第8号超强台风"莫拉克"已经在西北太平洋上生成了，受其影响，船舶东摇西晃、上下颠簸，不少人晕船了，吐得一塌糊涂。

指挥部决定，将船开到"绿杨山"锚地避风。

方之芬克服晕船和生活上的不便，一边照顾着老伴的身体，一边担负着试验日志和文件管理工作，还经常写文章投稿给船上的《海试快报》，鼓舞大家的斗志。

此外，海试团队中还有三位年过六十岁的老科学家，分别为六十八岁的许广清、六十二岁的张桂宝和六十一岁的华怡益，均来自七〇二研究所。他们与徐总夫妇一样，多年来为我国载人潜水器的研制辛勤劳作，面临海试又不顾年老体弱主动请战。登船以来，他们严格要求自己，认真准备操作，赢得了大家的尊敬。

海试现场指挥部和临时党委格外关心这些老科学家，安排船医随时观察老同志们的身体状况，又安排服务员和炊事班照顾好他们的生活。一有空，刘心成书记、刘峰总指挥、船长、政委等人便去看望，确保他们生活工作得愉快舒心。为此，方之芬老师专门写了一篇文章，发表在2009年8月16日的《海试快报》上，记录下了当时的感受和心情：

"向九"船，我们老两口温暖的家

登船已有半个月了，这些天来我们时刻感受到来自"向九"船各位同志的关心和照顾。走路有人提醒当心地滑，吃饭厨师会问合不合口味。只要碰到生活上的事情，船上以政委为首的一套班子很快会帮你解决。借此机会，感谢这些直接、间接帮助过我们的人，特别是李永玉和傅晋领医生。

小李是船上的服务员，他的工作既烦琐又复杂。我们住的舱室不属于他的职责范围，可每天他总是主动替我们打两次开水，并帮我们打扫房间、清倒垃圾，似乎这已成为他工作的一部分。下水道堵了，他也帮忙疏通。这种任劳任怨、勤勤恳恳的工作态度是"向九"船的精髓，也是"向九"船具有战斗力的保证。

傅医生要照顾船上这么多人的健康，还要负责船上公用设施、通道、会议室、餐厅的消毒灭菌工作，常能看到他背着瓶药水一路在浇洒。他还利用早晚时间替我们量血压、搭脉搏、测心跳、查体温，每天早饭前他会准时来，晚上由于老徐要开会，他几乎都空跑。傅医生这种认真负责、关心他人的工作作风是"向九"船的船风，使"向九"船成为一个和谐的大家庭。

当初上船之前，我们俩心中尚有余悸，怕船上将我们当作包袱。登上"向九"船后，我们感受到像家一样的温馨，到处都伸出了友好、关切的手，使我们深受感动。我们已到古稀之年，这次还能发挥点余热，参加我国载人潜水器首次深海试验，为此感到万分荣幸。这次海试有现场指挥部的直接领导，又有全体参试人员的共同努力，还有"向九"船作为坚强的后盾，我们相信一定会取得圆满成功。

潜水器成了旱鸭子

哦，南海！蓝水晶一样的南海啊！

这里是中国最深、最大、最纯净的海，仅次于南太平洋的珊瑚海和印度洋的阿拉伯海，是世界第三大陆缘海。

南海有四个群岛，分别是东沙群岛、西沙群岛、中沙群岛和南沙群岛，分布在一望无际的深蓝色海面上。如果从空中俯瞰，它们宛如一朵朵睡莲盛开怒放，又如一串串珍珠晶莹璀璨……

中国第一台深海载人潜水器的海试场，就选在这里。

2009年8月初，"向九"船载着海试团队和精心打造的"和谐"号（第一次海试时还不叫"蛟龙"号，而是叫"和谐"号），出长江，入东海，一路乘风破浪，驶到三亚以南某海域。

按照预先确定的试验原则——由浅入深、逐步推进，载人潜水器海试划分为1000米、3000米、5000米和7000米级深度四个阶段，其中第一阶段又包括50米、300米和1000米三个小阶段。经过严密的分析研究，指挥部把南海试验海域分为A1、A2、B1、B2等几个海区，50米级海试主要在A1区。

8月17日，"向九"船奔赴A1海区50米等深线，载人潜水器将在这里进行50米深度的第一次下潜。

清晨，东方海面上刚露出一片鱼肚白，隔海相望的三亚城的灯光，还像调皮孩子的眼睛一闪一闪地眨着，"向九"船装载有潜水器的后甲板上就已经热闹起来了。

为了对相关设备进行维护检测以及调整压载铁的重量，需要拆除相对部位的轻外壳和浮力块。一大早，七〇二研究所的张桂宝、顾秋亮等人就穿好防滑鞋、戴上安全帽聚集到潜水器旁。在船侧灯的光照下，踏着摇晃的脚手架，登上披着露水的潜水器，一丝不苟地精细操作。

很快，他们便在试验前拆除了轻外壳，安装好了压载铁，做好了下潜的准备工作。大家擦掉脸上的汗水，望着东方涌出的一轮红日，露出了笑容。

总设计师徐芑南既信心满怀，又有些忐忑。

一开始还坐在指挥部里，当一切准备好后，他便坐不住了，戴上安全帽来到后甲板上，因为这里比从屏幕上看得更清楚一些。

试验开始了，"和谐"号顺利布放入水。然而，就在"蛙人"顺利解开龙头缆和拖曳缆，水面检查一切正常，刘峰总指挥发出"下潜"指令后，意外发生了。按说，压载水箱注水系统启动直至注满，应该自由落体逐步下潜了，可是潜水器仍然浮在水面上，就是不往下潜，似乎很留恋和它一起成长起来的工程师们。

指挥部里一片茫然，不知道发生了什么事情。

刘峰手拿话筒，一遍遍呼叫着："'和谐''和谐'，检查水箱！"

"注水正常，已经全部注满。"

"使用自身推力器。"

"是。"试航员一边应着，一边操作下潜装置。

不料，还是不行！潜水器好似与大家开玩笑似的，在水面上漂浮着，就是不潜下去。

——好家伙，难道潜水器成了不敢扎猛子的旱鸭子？

后甲板上，徐芑南一直站在那儿默默观察着，心里已经明白毛病出在哪儿了。

他自言自语地说："保守了，太保守了！"

原来，"和谐"号采取的是配重和抛载的无动力下潜上浮，即潜水器入水后利用配载好的重量，以每分钟40米左右的速度下潜；当完成任务返航时，压载铁被抛载，潜水器获得浮力自动上浮。

毕竟是第一次海试，要"安全第一"，要"下得去，上得来"，以确保潜水器和试航员的安全。因而，科研人员在配重压载铁时过于求稳，计算得过轻了，以至于水箱被全部注满，潜水器还是轻于海水比重，导致下潜失败。

总结会上，徐芑南心情沉重地说："不应该犯这样的低级错误，丢人哪……"

"徐总，言重了。您和方老师这么大年纪还跟我们出海，这就很不容易了！"临时党委书记刘心成劝慰道。

总指挥刘峰也说："是啊！徐总，试验嘛，就是这样不断总结经验教训一步步前进的，下回就好了！"

是的，海试团队就在这种必胜信念的支撑下，不断迈步向前。

吸取了失败的教训，总师组在徐芑南率领下连夜修改配重方案，配重增至140千克，同时水声通信系统也进行了改进。

指挥部决定趁热打铁，再次海试。

2009年8月18日，一个晴好的天气：东南风3～4级，浪高0.6米～1.4米，流速0.7节，气温29.1℃。

海试团队在A1区继续进行50米载人潜水。深潜器本体主任设计师之一的叶聪担任主驾驶，唐嘉陵担任左试航员，右试航员是于杭教授。身为著名的海洋科学家，于杭教授还担任此次海试的技术专家组组长，本不需要亲自下潜海试，但他有过多次在海外乘坐深潜器的经验，再加上对祖国深潜事业的一颗赤子之心，使他毫不犹豫地选择试航，这也给了两位年轻的试航员巨大的信心和勇气……

"各部门准备！"随着刘峰总指挥的一声令下，又一次海试也是总第八次下潜开始了，内容还是以潜水器均衡调节为主。

10时35分进入部署，10时48分试航员进舱，潜水器布放入水。

在水面注水10分钟，叶聪操作推力器下潜，在28.5米深时停下，进行各项调节试验。之后，"和谐"号下潜到38米，稍作停留开始上浮，距海面10米时进行抛载试验，随后迅速返回。

当它红色的脊背露出蓝色的海面时，"向九"船甲板上的人们一片欢呼。虽然此次潜水器仅仅下潜了38米，与7000米设计目标相差甚远，但毕竟是海试团队通过努力迈出了走向大海深处的第一步，也是中国载人深潜的第一步。

当"和谐"号被吊装回母船后，三名试航员依次出舱，拿出携带至水下的一面鲜红的五星红旗，并肩携手展示在大家面前。

"哗——"迎来一阵热烈的掌声。

徐芑南和其他几位老队员感到特别兴奋。因为，对于他们来说，这可能是第一次也是最后一次参加海试。相比之后的百米、千米的巨大成功，38米在深度上微不足道，但意义却十分重大。这说明，我国自主设计、集成创新的潜水器可以安全下潜和上浮了！

突发心脏病

这一天，徐芑南像往常一样，照例来到停放潜水器的后甲板上，与本所的科研人员崔维成、胡震等人一起检测调试"和谐"号，为下一次海试做准备。

为了照顾他的身体，大家还给徐芑南搬来了一把椅子，可他却根本不坐。每当有人坚持让他就座时，他往往摇摇手，坚决地说："你们都忙得脚不沾地了，我却坐着，成何体统？"

毕竟是七十三岁的老人了，何况徐芑南还身患多种疾病，每天都要吃上一大把药，实在让人为他捏着一把汗。经过一个多月的海上生活，吃不好睡不稳，加之试验头绪多，神经高度紧张，徐芑南的身体已经有些透支了，心脏有时竟跳两下停一下，好似警告说："快休息，我要罢工了！"对此，徐苣南不为所动，只是偷偷加大了每天的药量。

那天，他听完了汇报，又一一布置完有关事项后，感觉有点累了，打算返回舱室休息一下。可当他步履蹒跚地走上二层平台扶梯时，突然眼前一黑，胸口针扎似的疼起来。他赶紧抓住旁边的栏杆，可还是脚下一软，跌倒在地。

"徐总，徐总，您怎么啦？"

胡震看到了，大声喊着跑了过来。

年轻的试航员叶聪等人听到喊声，抬头一看，也大惊失色。

"傅医生，傅医生，徐总晕过去了，快来呀！"

这时，只见徐苣南满脸苍白，头冒冷汗，双眼紧闭。

有人连忙喊："这是心脏病犯了！千万不能动，先平躺下，解开领扣，让船医拿硝酸甘油来！"

方之芬正在舱室内收拾东西，闻讯后也一路小跑赶来。

大家将徐苣南抬到一块平坦甲板上，好在卫生室就在旁边，傅晋领医生抱着药箱来到徐总身边，将急救药给他服了下去。不一会儿，只见徐芑南长出一口气，慢慢睁开了眼睛……

有惊无险，却给人们敲响了警钟！

连续出海已经一个半月了，期间整个指挥部、总师组和各个部门都为海试倾尽了全力，针对接连出现的配重、水声通信、水密接插件等问题，克服了一个又一个困难，慢慢走入了正轨。可是，全体海试队员十分疲劳，特别是几位超龄的老专家，实在是吃不消了。

指挥部决定，先将年纪最大的徐芑南夫妇送到三亚基地休整一下。谁知，当总指挥刘峰和临时党委书记刘心成来到舱室看望，并说出大家的心愿时，徐芑南却把头摇成了拨浪鼓："不行不行！试验还在攻关阶段，这个时候我怎么能离开呢？"

"徐总啊，您的心情我们理解，可身体是本钱啊！您与方老师先到岸上调养一下，好些了，就再回来嘛！"

"唉！"徐芑南叹了口气说，"试验不太顺利，我不放心啊！"

"这样吧，我们保持通信畅通，有事及时汇报请教，请您遥控指挥，这样总可以了吧！"

方之芬一直担心着老伴的身体，连忙说："好，这样好。老徐，你就别逞强了，磨刀不误砍柴工，好了咱们再回船上来。"

听到大家都在劝，徐芑南不再吭声了。

2009年9月18日午饭后，七〇二研究所的海试队员陆陆续续走进了"向九"船会议室。这个会议室就是海试指挥部，正前方是一排电视屏幕，分别显示着前后甲板、驾驶台、潜水器停放平台等。长条会议桌上铺着绿毯，上面摆着名牌和话筒，后面是一排一排的座椅。最后面正中舱壁上，挂着一面五星红旗和一条红绸横幅，上面写着："牢记祖国嘱托，坚决完成海试任务！"

在海试队员中，流传着这样的一句话："这里是全世界最繁忙的会议室了。"因为海试队的大事小情都在这里研究：指挥部部署试验方案，临时党委举办党日活动，总师组召开技术分析会，海上大学举行讲座，后勤保障组商量改善伙食，等等。曾经有心人做过统计，这里一天内召开过大大小小的21次会议。

这一天，一个特殊的告别会在这里召开了。

两位科学家坐在前面，面对大家，神情黯然。一位是两鬓斑白、前额布满皱纹的总设计师徐芑南，另一位是时任中船重工第七〇二研究所副所长、担任海试副总指挥的崔维成。崔维成还是这台潜水器的副总设计师，他是因为一个早就决定参加的重要会议要下船离开了。而徐总设计师呢，则是不得不告别海试队下船去调养一阵子。研制深海载人潜水器的两位科学家，即便是暂时离开，眼神里也充满了遗憾和不舍。

崔维成副所长首先讲话，并逐项安排了接下来的工作——下潜试验、阶段总结、领导小组总结会，一样不落。他特别委托时任七〇二研究所水下工程室主任侯德咏代理副总指挥的工作。这位侯主任也是7000米载人潜水器的功臣之一，从接下任务、建立攻关组到组装联调等，几年来与全组上下齐心协力，付出了很多心血。在这次海试中，他还受临时党委委托，担任了第二党支部书记，将全体参试科学技术人员拧成了一股绳。当崔副所长需要临时下船时，他义不容辞地挑起了副总指挥的重担。

等崔副所长讲完后，徐芑南站了起来。

大家连忙劝说："徐总，您身体还没有完全恢复，坐下讲吧！"

可他坚持站着，说："没事的，很快的……唉，在这种时候，我不能和大家一起并肩战斗了，实在抱歉……大家辛苦了！"

他平时说话语速是快的，可今天却时断时续，甚至一度讲不下去。

一开始，大家以为他是咽喉不舒服，可仔细一听，原来他的嗓音竟然有些哽咽了。

"实在抱歉，请大家一定要坚守好岗位，做好充分的准备，让领导放心。我在岸上待几天，稍微好点一定会再回来！"

"哗——"

大家眼里含着泪花，用力拍着手掌，用这种方式表达心中的敬意。

会后，徐芑南夫妇和崔维成副所长走到后甲板左船舷边，几位年轻的海试队员为他们提着简单的行李跟在后边。

前来接他们的摆渡船，已经等在了那里。

两位老人和崔副所长沿着跳板走下"向九"船，与大家挥手告别："再见了，再见！"

甲板上，一首熟悉的歌曲回响在留下来的队员心中："送战友，上征程。默默无言两眼泪，一样悲欢两样情……"

榜样就在身边

夜深了，烟波浩渺的南海平静下来，在星光下随着微风缓缓波动着，海试队员们悄然进入了梦乡……连日在A1海区进行海试并走出满意第一步的"和谐"号载人潜水器，也安详地俯卧在母船后甲板的轨道架上。

然而，有一间舱室里却灯火通明，五六个脑袋凑在一起，时而在纸上默默地画着草图，时而你一言我一语地讨论着什么，谁都没有一丝睡意。

这是担负水声通信系统重任的中科院声学所小组。中间那位戴着近视眼镜，说话慢条斯理的人，就是他们的负责人——声学所研究员、载人潜水器水声通信系统副总设计师朱敏。

虽说通信系统经过不断排除故障，勉强可以使用，但由于没有从根本上解决问题，还是时好时坏。第十次下潜时，"和谐"号比预定返回时间晚了十分钟，而且联系还中断了。整个甲板上的人们心急如焚却也束手无策，只能看着波涛翻涌的大海，一遍遍焦急地搜寻潜水器的影子，直到它的红顶子冒出海面的那一刻，大家才长长地舒了一口气。

每当指挥部召开各部门负责人例会时，声学设计师朱敏就成了大家"炮轰"的对象：

"这套系统到底行不行啊？说个准话！在家里试验时不是好好的嘛，怎么一到海上就不行了呢？"

"是啊，通信联不上，啥也试不成。"

"这套水声通信系统是可靠的，水池和湖泊试验都正常啊！我们分析，可能是船舶噪音影响通信质量，目前正在积极想办法……"

年近不惑的朱敏是浙江青田人，中等个头，一头短发，鼻梁上架着一副无框眼镜，温文尔雅，平常就说话声不大，被问急了，更像是有什么堵在嗓子眼儿里，声音低低的，让人听不清楚。

水面与水下的通信问题成了制约海试的最大挑战。如果不彻底攻克这个难关，载人潜水器试验将无法继续进行下去。朱敏和他的声学团队肩负着巨大的压力。

这天傍晚，"向九"船在三亚锚地锚泊。

现场指挥部和临时党委认识到，水声通信问题没有一个说法，很难通过专家评审，也无法继续试验下去。

晚饭后，总指挥刘峰、技术专家组组长于杭教授、船长窦永林等相约来到刘心成的房间，打算商量对策。

"这个问题要是解决不了，领导小组是不会同意海试继续下去的，那我们只能打道回府，这等于宣布载人潜水器海试失败。今后能不能重新启动，就很难说了……"

深知载人潜水器来龙去脉的刘峰，忧心如焚。

"是啊，我们一定要在评审会前拿出个措施来，不然后果不堪设想。"

这是整个海试阶段遭遇的一次重大危机！

半晌，四个人都不说话，而是陷入沉思：倘若试验中止，五十多家单位、众多科学家付出巨大心血并为之奋斗了七八年、国家投入巨资的7000米载人潜水器项目就会付诸东流，更重要的是，我国所有载人深潜项目若干年内难以再立项，正处在国家审批阶段的深潜基地项目也会夭折，中华民族"下五洋捉鳖"的梦想将还只能是梦想。

"绝对不能回去！"刘心成不愧是带过兵的司令员，又是临时党委书记，关键时刻意志十分坚定，"没有达到预期目的就撤了，那就是前功尽弃、半途而废，我们这些人就是历史的罪人。我看，只要坚定信心，办法总是能找到的！"

于教授分析说："声学所走了一条新路，难免会发生问题，闯过去就会海阔天空的。他们认为，50米水深海区的有效作用距离仅240米，可能不在母船声学吊阵覆盖扇面范围，因而无法建立水声通信。这是有道理的。"

总指挥刘峰也豪气倍增："不管有多难，我们也要攻克它！我建议，发动各部门，让全体队员都为水声通信动脑筋，一定要拔掉这个拦路虎！"

他们当即决定：由窦永林船长和朱敏研究员以降低母船噪声为主线，立即制订一个1000米水深海区的试验方案，进行船舶主机不同工作状态下的母船噪声和通信拉距试验。同时，要求中船重工长城有限公司尽快提供一部水声电话，在无法实现高速数字通信的情况下，先保证语音通信的畅通。

事实上，此前一段时间，全船人员已经都开始想办法、出点子了。

"向九"船的大副李玉波曾经当过无线电师，有一定电信方面的技能。在甚高频（VHF）通信效果不畅时，他提出了切实可行的测试方案，并且冒着炎炎烈日，帮助技术人员爬到脚手架上调试安装改良的天线，极大地改善了通信功能。

徐苣南虽然不是声学专家，但他在没有下船调养身体之前，已经想到，船体较高，是否会阻挡无线信号呢？

一天，徐芑南看到本所年轻的工程师杨申申，顿时眼前一亮，便招手将他叫了过来：

"小杨，你过来一下。"

"哦，徐总，有事吗？"

瘦高个子的杨申申，大学毕业后一直在水下工程室工作，与徐芑南的办公室在同一层楼。

"你有多高啊？"

"一米八多，这几年没量过。徐总，您问这个做什么呀？"

"没什么，我是觉得你个子高高的，可以将天线举起来试试信号。"

一句话提醒了小杨和攻关的科研人员，大家立即投入了试验。

之后再进行下潜海试时，人们总会看到杨申申迎烈日战海风，高举着一根钢制圆柱接收天线，时而跑到左舷边，时而跑上右舷船头，随潜水器位置的改变而到处转。大家戏称，他是"向九"船上的"中国移动"。

后来，窦永林船长别出心裁，研发出一种独特的试验母船操作法：前甲板左舷布放着水声电话吊阵，传感器布入水下30米左右；前甲板右舷布放着单波束测深仪吊阵，传感器布入水下2米左右；船尾拖曳着声学通信主缆，声学吊阵布入水下300米左右；关闭右主机，左主机单车微速航行，航速不超过2.5节。

内行人清楚，这种做法是要冒风险的。"向九"船是1978年建造的远洋科学考察船，那时没有控制船舶噪声的要求，2007年选择载人潜水器母船时也没有采取降噪措施，现在只有通过采取特殊的船舶操纵措施来弥补噪声大的缺陷了。

窦永林觉得，就像一名赛跑运动员，先捆住他的两只胳膊，再别住他的一条腿，叫他匀速跑直线，还要争取好成绩，这实在是太难了。

在六个多小时试验中，这位爱写诗的窦船长一直站在驾驶台上，精心指挥船舶各种情况下的机动，积极配合声学部门获取大量测试数据。他深知责任重大，稍

有闪失必定会损害水下设备，甚至影响船舶航行安全。

作为他的直接领导又是老大哥的刘心成书记走来看望，担心地问："这样干有把握吗？"

窦永林坚定地回答："试试吧，不试会后悔的！"

终于，窦船长以敢于担当的拼搏精神和无比精湛的航行技术，与声学工程师们精诚合作，准确地测量了"向九"船各种情况下的噪音水平，为声学系统的后续改进指明了方向，并最终形成了基于"向九"船模式的声学通信保障方案，为我国载人潜水器海试蹚出一条路。

这期间，总设计师徐芑南虽说已经离开团队，临时在三亚基地调养身体，但始终关注着海上试验。他视力不好，便要求老伴方之芬每天与前方联系，给他阅读船上传回来的《海试快报》，以便了解情况。

这天，在基地印刷、还散发着油墨清香、印有天蓝色报头的小报传来了。

方之芬照例先拿到手浏览一遍，然后高兴地说："老徐啊，咱们潜水器完成了300米海区的试验，起程返航了。"

"是吗？快给我念念，让我也高兴高兴！"

"好，你等着。"方之芬喝了口水，清了清嗓子念道，"热烈祝贺300米海区试验圆满完成！载人潜水器第18次下潜试验于2009年9月20日顺利进行，试航员叶聪、于杭、杨波。至此，300米海区试验任务已经圆满完成。'向九'船于中午离开试验区返回三亚港。"

"太好了，我们要去码头上迎接！"

"那你要小心自己的心脏啊！"

"我会注意的，再说是在港口里，没有海上的风浪颠簸，不会出大问题的。"

第二天上午，"向九"船经过一夜的航渡，安全抵达三亚港，停靠在3号码头上。

早已等候在岸上的人们，齐声欢呼："热烈欢迎海试勇士们归来！"随后，将一束束鲜花扔到船甲板上。

等到船身停稳，架上登船踏板之后，徐苣南夫妇随着众人涌上船去，找到总指挥刘峰和临时党委书记刘心成，紧握着他们的手说:"祝贺祝贺! 你们辛苦了!"

"徐总啊,我们又会师了! 您身体好些了吗?"

"好了呀!"徐芑南用力拍拍自己的胸脯,"你们看,我又有劲儿了! 我要求重新上船工作。"

两位海试队负责人对看了一眼,不无担心地问道:"真的好了吗? 还是多休息几天吧!"

"绝对没问题,昨天我又去医院检查了一遍,各项指标都正常了。我要为冲击1000米深度再做些工作。"

面对这样一再请战的超龄海试队员,谁能忍心再将他拒之门外呢? 很快,大家惊喜地看到徐芑南夫妇又在船上忙碌了……

榜样的力量是无穷的。

海试总指挥顾问、《海试快报》编辑,曾当过大洋一号船长的陆会胜专门写了一篇文章,说出了全体队员对徐总的敬意。

榜样就在我们身边

——兼谈徐总身体康复回船

试验中，总有激励的话语响在耳畔，也总有感人的事迹让人难忘，更有人无意中成为鼓舞自己的精神力量。

在我心中，徐芑南总设计师就是一位值得我效仿的榜样。

多年前，我就认识徐总。最初知道他随我们一起出海，我心中羡慕的是他的身体，毕竟是七十三岁高龄了，还能和我们一样去经受风吹浪打，却不知道他的身体状况并不是很好，一直患有高血压。

然而，是一种对深海事业的挚爱，是一种想亲眼看到潜水器试验成功的渴望与动力，促使他一直坚持在海试的第一现场。

五十多天的风吹浪打，五十多天的高温酷暑，五十多天的连续超负荷工作，虽然有老伴方之芬老师随船照顾，但还是让他的身体支撑不下去了。

每次试验，潜器控制室里总是少不了他们忙碌的身影，经常看到的场景是：老人在参与潜水器试验的指挥，老伴在记录一些具体的数据。我们在羡慕他们伉俪情深的同时，也不得不佩服他们对自己所从事事业的认真和执着，可以毫不夸张地说，为了自己酷爱的事业，他们奉献了青春，奉献了终生。

但他的身体状况再也难以支撑，不得不离开试验现场去陆地休息、调养。送行的时候，他主动握住我的手，没有提起自己的身体状况，说出来的竟然是："不好意思，我请两天假，耽误大家的工作了！"

听了他的话，我竟然无法用语言表达心中刹那的感动，也因为哽咽说不出一句完整的祝福话语，只觉得一切语言都是多余的。我唯一能做到的，就是用自己的双手小心翼翼地扶着他走向舷梯，像扶着自己身体不好的父亲，以表示对他由衷的敬佩和盼望他的身体能够早日好转，如愿回到海试现场的祝福。

要知道，徐总设计师完全可以不随船参加试验，他完全可以在国外过着承欢膝下、颐养天年的舒适生活。可是，他没有这么做，还是选择了和我们一起在海上过着这种寂寞又紧张的生活！

今天，我们在停靠到三亚码头的时候，又看到他身体康复上船继续工作，再一次被感动的同时，我们想对他们说："老人家，在工作的时候，也要保重自己的身体。你们的身体不仅是自己的，也是我们载人深潜这个大家庭的！"

正是有了徐总这样众多的海上工作者，我们的海洋事业才不断地向前推进着、发展着，和这样的人一起工作，就会时时让自己感到：个人的得失、荣辱都变得那么渺小和微不足道，取而代之的是灵魂的净化和思想的提升，每天唯一想到的，就是怎样更好地完成自己的工作。

正是在众多像徐总这样老前辈的精神感召下，在一个个坚守自己工作岗位的海试工作者默默奉献中，在领导支持下，我们的海试工作才会顺利进行，相信也一定会取得圆满成功……

献给祖国母亲的厚礼

2009年的10月1日，是新中国成立六十周年的庆祝日。

在辽阔的南海上，正在实施中国载人深潜试验的海试队临时党委和现场指挥部决定：举行一次特别意义的升旗仪式，庆祝我们可爱祖国的六十华诞，激励队员们再接再厉、不屈不挠，冲击1000米深度大关，用实际行动献出一份厚礼!

早上7点30分，细雨霏霏，"向九"船上挂满了彩旗，一派隆重热烈的节日气氛。全体人员集结在前甲板上，试验母船的船员们穿上了海员服装，头戴威严的大盖帽，海试队员穿上了统一的缀有深潜标志的蓝色半袖衫，喜悦和激动洋溢在每个人的脸上。

8时整，刘心成书记庄严宣布："升旗仪式开始！"

在雄壮嘹亮的《义勇军进行曲》中，窦永林船长亲自将一面崭新的五星红旗，徐徐升至主桅顶。此时，风雨交加，队员们身上的衣服全都湿透了，可是没有一个人动一动。

本来，大家关心身体康复不久的徐芑南，看到天气不好，就没有安排他参加升旗仪式，可他坚决不干。

他说："六十年大庆，全国人民都庆祝，我怎么能不参加呢？这点雨算不了什么，我和老伴一定要参加！"

此时，他们夫妇和大家一样，站在队伍里，向着国旗一边放声高唱，一边行注目礼。而海监队员们则将手举在帽沿边，行举手礼，心中都充满了火热的激情和神圣的使命感……

刘峰总指挥走到队列前边，代表现场指挥部和临时党委讲话，他的声音略带沙哑却充满了激情：

"在祖国母亲生日这一天，在祖国的南海上，有我们这样一支特殊的队伍，以开展载人潜水器海上试验这一特殊的方式，向祖国母亲祝福。同志们，我们正在做前人没有做过的事，让我们发扬'团结协作、严谨求实、拼搏奉献、和谐共进'的载人深潜精神，坚定必胜信心，不辜负祖国和人民的重托，夺取1000米海试的全面胜利，以实际行动向祖国母亲的六十华诞献礼！"

如此满怀豪情的海试团队，怎能不一往无前呢?

2009年10月3日，恰巧是八月十五中秋节。

参加我国载人潜水器海试的队员们，怀着对祖国母亲的热爱，带着国庆、中秋双节的喜悦，一大早就迎着朝霞，披着晨露，奋战在南海1000米等深线附近的C2海区里，进行"和谐"号1000米水深第一次下潜试验。

大家的心情都很激动。

根据国际惯例，1000米海水以下叫深海，5000米海水以下叫深渊，下潜超过1000米才是真正意义上的深潜，目前世界上只有美国、法国、俄罗斯、日本四个国家有此能力。我们如果能够成功，就将创造一项共和国的新纪录，也将一跃成为国际深海俱乐部一员了。

浩瀚的南海，没有了昔日"凯萨娜"强台风带来的狰狞，蔚蓝的海面微波荡漾，热情地迎接着这些耕涛牧海的人们。

当天计划进行8项试验：无动力下潜上浮、1000米深度潜水器姿态调整、航行功能验证、测深测扫声呐、布放纪念物、高速水声通信等。执行下潜任务的是突破300米的原班人马——于教授、叶聪和杨波。

早晨7时，现场指挥部发布"各就各位"指令，在后甲板上举行了简短的出征仪式。三位试航员穿着蓝色的专用连体服装，胸前印有鲜红的五星红旗图案，英姿飒爽地站成一排。

现场总指挥刘峰有力地一挥手，发出命令："载人潜水器1000米试验现在开始，试航员进舱！"

"是!"三位试航员健步登上潜水器平台，依次入舱。在进舱的瞬间，每人都回首向欢送的人们招手，表达着对完成任务的坚定决心和必胜信念。

　　远处海面上，担负警戒任务的中国海监72、76、77船部署在"向九"船周围半径5海里（1海里＝1.852公里）范围内，各船雷达开机，警惕地搜索着海面，护卫着"向九"船和已经在水下的潜水器。

　　很快，一连串的喜讯通过水声通信系统不断传来：

　　"'向九''向九'，'和谐'报告：潜深200米、500米、600米、800米、900米……"

　　每次报告，都引起母船上阵阵掌声。

　　9时17分，主驾驶叶聪响亮的声音再次传来："我们到达1109米深度，身体状态良好，潜水器一切正常！"

　　"好啊，我们成功了！"

　　母船上现场指挥部、潜器控制室、潜器准备室、值勤甲板上，甚至包括驾驶台、实验室、厨房等各个部位都一片沸腾。

　　欢呼声、鼓掌声，冲天而起，久久不息。

　　此时，鬓发染霜的徐芑南走进现场指挥部，在场的所有工作人员起立鼓掌，向这位总设计师致敬！刘心成、刘峰等人情不自禁地迎上前去，与徐总紧紧拥抱在一起……

"成功了，成功了！我们成功突破载人深潜1000米了！"

"是啊！我们成功了！这是历史性的一天……"

徐芑南颤抖着双手，抖动着嘴唇，说不出更多的话来。

是啊，虽说只是深入海水1000米，距离7000米的深度还有很长的路要走，但毕竟进入深海了，而且顺利地进行了海底巡航等试验。多年来，徐芑南一直梦想亲手做大深度的载人潜水器，如今经过整个团队艰辛的努力，终于在古稀之年，梦想变成了现实。

他怎能不激动万分呢？

老伴方之芬同样异常兴奋，但她深知自己的责任，连忙拿出随身携带的药盒，倒上一杯温开水，递给徐芑南叮嘱他服下，悄悄地说了一句："注意啊，可别再发生上次那样的事情，给大家添麻烦了。"

"哈哈……"徐芑南风趣地笑了起来，"不会了，再不会了。我这个人你还不知道吗？高兴起来没事，只有愁闷才可能犯病哩！"

11时20分，潜水器顺利回收到甲板，三位试航员依次出舱，共同展示了一面五星红旗，随船记者饶爱杰、郭锐，还有许多摄影爱好者纷纷举起了相机。

当三位试航员走下平台时，海试队员们欢呼着涌向后甲板，夹道欢迎勇士们归来。

大家激动地高呼："向试航员致敬！""祖国万岁！"

试航员叶聪向总指挥刘峰报告："我们完成预定试验计划，安全、顺利归来了！"

刘峰总指挥说："祝贺你们！感谢你们！现在我宣布：我国载人潜水器于2009年10月3日上午9时17分，在中国南海北纬17度27分，东经110度25分，成功下潜到1109米！"

鼓掌声、欢呼声再次响起来。

随船参试的科技部"海洋办"女处长孙清，手捧花束走上前来，向试航员献花。

三位试航员每人开启了一瓶香槟酒，晃动着喷向人群，只见酒花四溅、欢声雷动，再次把欢乐的气氛推到高潮……

这是神州儿女向祖国母亲的六十华诞献上的一份厚礼!

这预示着我国从此打开了进军深海的大门,成为继美国、法国、俄罗斯和日本之后,世界上第五个拥有载人深潜能力的国家。

我们可以骄傲地宣告:深海领域,中国人来了!

第六章

意外的喜讯

"年度海洋人物"

2010年6月8日，富丽堂皇的天津大礼堂里张灯结彩、笑语欢歌，一派节日的气氛。一条醒目的横幅高高地悬挂在主席台上方，上面写着"2010年世界海洋日暨全国海洋宣传日庆祝大会"。

噢，又一年的世界海洋日开幕仪式，正在这里隆重而热烈地举行。

1992年，在里约热内卢举办的"地球高峰会议"上，加拿大首次提出了"世界海洋日"这个概念，联合国大会采纳后，将每年的7月18日定为世界海洋日。

2009年，联合国将世界海洋日的主题确立为"我们的海洋，我们的责任"，并将日期调整到每年的6月8日。

　　我国是从2008年7月18日开始启动"全国海洋宣传日"
的，活动主题为"海洋与奥运"，主场设在青岛。2009年，
活动主题为"海洋中国六十年"，主场设在珠海。

　　自2010年起，全国海洋宣传日与联合国同步，改为每年
的6月8日，并更名为"世界海洋日暨全国海洋宣传日"，主
场设在天津，活动主题为"关爱海洋，我们一起行动"。

　　上午9时，这一年的"世界海洋日暨全国海洋宣传
日"正式开幕。

　　随着欢快喜悦的开场歌舞表演，大屏幕上出现了蓝色
的地球、浩瀚的海洋。

　　时任国家海洋局副局长的王宏在隆重介绍了出席会议
的嘉宾之后，大声说："接下来，我们有请国家海洋局局长
孙志辉讲话。"

　　孙志辉局长走上发言席，在向来宾表示欢迎和感谢之
后，他说："我们非常高兴的是，本次活动的大幕在人杰
地灵的天津——这颗渤海湾上最耀眼的明珠上开启。在这
里，我们将隆重表彰'2009年度全国海洋行业优秀代表人

物'和'海洋志愿者优秀代表',并将邀请各位与我们共同欣赏'关注海洋、起航梦想'全国海洋书法、绘画、摄影展……"

随后,时任联合国助理秘书长、潘基文特使的欧宁·贝纳姆,第九届、第十届全国人大常委会副委员长蒋正华,时任全国政协副主席、农工党中央常务副主席的陈宗兴先后致辞。

会上,由欧宁·贝纳姆先生宣读了时任联合国秘书长潘基文为本次活动发来的贺信,这是此次海洋日的一个亮点。

尊敬的朋友们:

中国以"关爱海洋,我们一起行动"为主题庆祝世界海洋日和中国海洋日。值此,我高兴地向你们致以节日的祝贺。

海洋在人们的日常生活中扮演着重要的角色,它集可持续发展和重要的研究阵地于一身。随着科学家向海洋更深层的探索，不断发现新的海洋生命，这种发现具有巨大的为人民造福的潜力……

在庆祝第二个世界海洋日的时候，我敦促各国政府和全世界人民能更加认识海洋的价值，为了海洋的健康和生机，尽自己的一份力量。请接受我对世界海洋日和中国海洋日的最美好的祝愿。

联合国秘书长　潘基文

2010.6.8

紧接着，大会进行第二环节：揭晓"2009年度海洋人物"获奖名单并举行颁奖仪式。这是一项例行评选活动。在赞美大海的同时，人们更会对那些与大海结下深厚之缘的海洋人物产生敬意。

从这一年开始，"世界海洋日暨全国海洋宣传日"活动组委会决定：在每年的世界海洋日期间，评选"年度全国海洋行业优秀代表人物"，以表彰那些奋战在海洋工作的各个领域的突出贡献者。

天津电视台节目主持人管军走上主席台，举着话筒笑意盈盈地说："尊敬的各位领导、各位来宾，电视机前的观众朋友们，大家好！我非常荣幸地主持接下来的'年度海洋人物'的颁奖仪式。此前，受组委会委托，人民网与众多媒体共同开展了'2009年度海洋人物'的评选活动。经过网络初评、评选委员会终评，选出了三人获得'年度海洋人物'的提名。现在，让我们大家一起通过大屏幕来看一看，这三位提名人的故事。"

管军说完退到舞台边，背景大屏幕上依次播放了中船重工第七〇二研究所研究员、7000米载人潜水器总设计师徐芑南和另外两名海洋人物——山东省即墨市海洋与渔业局局长于瑞华，中国极地研究中心副主任、冰川学研究科学家李院生这三位提名人的先进事迹专题短片。

随后，管军再次主持："朋友们，刚才我们看过了三位候选人的先进事迹专题短片，应该说感人至深、令人钦佩，到底他们三位谁能获得'年度海洋人物'呢？有请全国人大环境与资源保护委员会副主任委员倪岳峰揭晓，并为'年度海洋人物'颁奖。"

曾经当过国家海洋局副局长且最先从事过载人深潜论证立项工作的倪岳峰副主任，手拿文件夹来到主席台中央，看了看名单后抬头高声宣布："我很荣幸地向大家宣布，获得'2009年度全国海洋行业优秀代表人物'的是深潜技术的开拓者——徐芑南！让我们向他表示祝贺，并请他上台领奖！"

立刻，全场爆发出热烈的掌声。

徐芑南迈着稳健的步伐，伴随着欢快的音乐走上主席台，从颁奖嘉宾倪岳峰手中接过了鲜红的荣誉证书以及闪亮的水晶石奖杯，而后，他面向会场高高地举了起来。

掌声更响亮了。

自从2009年8月中国载人潜水器首次进行海试，作为总设计师和海试副总指挥的徐芑南，不顾年逾古稀且身患多种疾病，毅然跟随海试母船出海试验。历尽种种艰辛，克服一切困难，他们终于迎来了胜利曙光，一举实现了下潜1000米的目标。

凯旋后，根据海试暴露出来的问题，徐芑南带领全体研发人员夜以继日地工作，协调各有关单位积极进行整改。按照'由浅入深、逐步推进'的海试方案，2010年5月底，重新整改且保养好的载人潜水器，被正式命名为"蛟龙"号，它再次登上海试母船，出长江口，经东海、台湾海峡，前往南海实施深潜3000米的海上试验。

　　本来，徐芑南还要求前往第一线参加海试，但海试领导小组经过慎重研究后，坚决而又婉转地谢绝了，请他坐镇北京的陆基保障中心，通过视频和电波进行指导。

　　眼下，徐芑南心情激动地举起奖杯之时，"向九"船载负着我们的"蛟龙"号正在南海某海域航行，准备实施下潜3000米的海试工作。

　　按照惯例，获奖者要发表感言。

　　主持人管军说道："感谢颁奖嘉宾，请徐老留步。徐老，您获得过很多的奖项，简直数也数不清。在6月8日世界海洋日的今天，您又获得了'年度全国海洋行业优秀代表人物'奖。这个奖项对您来说，是不是有着特别的意义？"

　　徐芑南深深吸了一口气，感慨万千地说道："我能站在这里领奖，体现出我们国家对从事海洋技术研究人员老一代工作者的肯定，也体现了我们国家对正在拼搏奉献的中青年一代工作者的鼓励和鞭策。我将继续和我的团队一起将新研制的装备下潜得更深更精！谢谢大家！"

　　"说得好！谢谢徐老。我们也祝愿徐老更年轻，祝您老当益壮、健康长寿！徐老七十四岁了，真的让人感慨万千。如果说，我们的航天人有着'敢上九天揽月'的胆识和气魄，那么我们的海洋科技工作者就有着'敢下五洋捉鳖'的豪情！"

　　当天晚上，主办方在天津大礼堂举办了以"大海的故事"为主题的大型乐舞诗海洋文艺晚会。组委会盛情邀请徐芑南出席观看，并且准备了最好的嘉宾座席票，可他婉言谢绝，立即乘火车赶回北京，赶到国家海洋局的陆基保障中心。

　　正在南海试验深潜的3000米"蛟龙"号，牵动着他的心……

成功后的泪花

锣鼓敲起来，掌声响起来……

2010年7月18日中午时分，江阴苏南国际码头上一片欢腾。载负着从海底凯旋的"蛟龙"号的"向九"船，缓缓靠泊在岸边。

国家海洋局、中国大洋协会在这里举行隆重的欢迎仪式，时任国家海洋局局长孙志辉、时任科技部副部长王伟中等参试单位的部分成员、家属等两百余人参加。

孙志辉局长首先向全体参试人员表示诚挚的祝贺和衷心的感谢。他用"三个好"对海试情况做出评价，即精心组织好，团结协作好，党建保障好。他强调，"蛟龙"号载人潜水器3000米级海试的成功，是提振民族精神非常重要的事件。

他看了看旁边的科技部副部长王伟中，笑着说："过去，咱们还有些担心试验失利，现在可以放心大胆地说了！回到北京后，我们好好筹划一下，搞一个新闻发布会。"

"好啊，我赞成！"王副部长点点头说，"载人深潜团队是优秀的团队、拼搏的团队、务实的团队、为国争光的团队，此次海试令人振奋，它的意义与载人航天工程是一样的。"

是啊，由于种种原因，中国载人潜水器"蛟龙"号从设计到试验，一直都没有向外界公开。现在有了深潜3000米的海试成功，底气足了，国内外媒体也在不断猜测，干脆正式宣布吧！

2010年8月26日，北京，科技部会堂。

国家科技部和国家海洋局联合召开了新闻发布会，科技部副部长王伟中、海洋局副局长王飞、"蛟龙"号总设计师徐芑南、海试现场总指挥刘峰和首席试航员叶聪等人出席。

特大新闻！我国正式公开向全世界宣布：中国研制的大深度载人潜水器成功了！新华社第一时间发出通稿。《人民日报》《光明日报》《科技日报》《解放军报》，以及全国各地报纸、新华网、人民网、新浪、网易等各大网站纷纷登载这条消息。

中央电视台当天晚上的《新闻联播》节目，不但以"我国自行设计的载人潜水器，成功完成3000米级深潜试验"为题播发了新闻发布会的情况，还独家播放了随行记者拍摄的纪实短片，特别是"蛟龙"下潜、海底插国旗的镜头令人震撼。

一夜之间，"蛟龙"号载人潜水器的英姿，总设计师徐芑南、潜航员叶聪、傅文韬、唐嘉陵等人的名字和身影，以及在南海上拼搏奋战的"向九"船、"蛟龙"号海试队，传遍大江南北。人们喜形于色，扬眉吐气地奔走相告：我们不但可以"上九天揽月"，还有了"下五洋捉鳖"的能力！

蔚蓝色的海洋，蕴含着中华民族的无数梦想。

一代"蛟龙"，凝聚了科技工作者的多少智慧、心血和汗水啊！

深海潜水器体现一个国家的综合技术力量，是海洋技术开发的最前沿与制高点，利用它可取得海底世界的宝贵数据和资料，还可用于深海资源勘探、热液硫化物考察、深海生物基因、深海地质调查等领域。目前，世界上可用的载人深潜器仅有5台，分别是日本的"深海6500"号、美国的"阿尔文"号、法国的"鹦鹉螺"号、俄罗斯的和平一号与和平二号，现在又赫然添上了我们中国的"蛟龙"号。

按照由浅入深、由易到难的原则，2011年7月，"蛟龙"号在太平洋某海域又创造了下潜5000米的纪录，距离7000米的设计深度越来越近了。

中央电视台新闻频道《面对面》栏目记者古兵，适时采访了徐芑南先生，请他向全国观众讲述"蛟龙"号的来龙去脉，以及深海下潜的原理与意义。

亲爱的同学们，为了让这部纪实作品富有变化，让我们用文字来还原那些亲切而有趣的镜头吧！

首先，古兵手持话筒向观众介绍了有关情况：

"最近，刚刚创造了新的下潜纪录的'蛟龙'号载人深海潜水器，倍受人们的关注。那么这次新创造的下潜纪录，究竟有什么样的价值和意义？在下潜成功的背后，'蛟龙'号又有着怎样不为人知的研制和试验的历程呢？今天的《面对面》，将要专访'蛟龙'号的总设计师徐芑南。

"从7月21日到28日，在远离祖国10000公里之遥的东北太平洋海试区域，我国第一台自行设计、自主集成的'蛟龙'号载人潜水器连续三次进行下潜试验，最大深度分别达到了4027.31米、5057米和5188米。这是继'蛟龙'号在2010年载人下潜3759米的深度后，再度刷新我国载人深潜的深度纪录。这也标志着中国成为继美、法、俄、日之后第五个掌握5000米以上大深度载人深潜技术的国家。"

随后，他转向了坐在旁边的徐芑南，真诚地说："徐

总，还是应该先祝贺您，因为又创造了一个新的下潜纪录。"

徐芑南欠欠身子，微笑着回答："非常感谢！这次成功下潜5000米，的确是整个研制团队共同努力下的一个结果，我们都很高兴。"

"从成功下潜3759米到现在成功下潜5000米，在外人看来，只是一个1000多米数值上的变化，但从专业角度怎么看待这1000多米的价值？"

"这1000多米能够跨越，意味着什么呢？就是说，我们水下的工作面可以从50%跑到75%了。这样的话，有好多我们的矿产资源就可以获取了。比如说锰结核，浅了，你调查不到，这是第一。第二就是说，我们所有的设备装置和一些技术都得到了提高。一般来说，海平面1000米以下才能叫深海，对人类而言，那里寒冷，漆黑一片。在变化莫测的深海，难以预料的危险无处不在。为了保障潜航员安全，'蛟龙'号从设计之初就采取了最高层级的措施。"

"如果遇到一些突发的情况，海底确实有很多突发事件可能我们无法预知，比如说，海草缠着了这样一个推进器之后？"

"我们的潜水器在水里边是重量与浮力的平衡，浮力大了它就上去了，重量大了肯定沉掉了，所以我们这个安全保障来说，首要的就是采取这个措施。假如螺旋桨缠上了，这个桨就不能转，不能转这个动力就没有了，那怎么办？在这种状况下，我们有一种应急办法：抛载。"

"'抛载'是什么概念？"

"潜水器里装有两块压载铁，每块都是100千克，左边和右边重量加在一块儿，跟浮力就平衡了。紧急时候，把两个100千克的压载铁扔掉，一扔掉不是浮力多了200千克嘛，潜水器就浮上来了。这就是'抛载'。"

"如果在海底遇到意外事故，除了抛掉压载铁上浮逃生之外，'蛟龙'号还设计有其他应急手段吗？"

"有的。蓄电池是一块一块、一节一节的，装在蓄电池箱里边。遇到突发情况通过电爆螺栓，一通电爆炸，它也可以扔。那个蓄电池箱在空气中重量是1.2吨，所以一把

它扔掉，就多了1.2吨往上浮的力量。第三，比如机械手被海草什么的缠在里面了，扔了许多东西还是上不来，那又怎么办呢？这个机械手臂也可以断掉……"

"断臂求生？"

"对，断臂求生，两个机械手都可以断掉。我们考虑，海底地质不一样，有的硬，有的很软，就像淤泥一样软，我们叫黏土或者软泥，潜水器有时候也会坐在这个软泥上。"

"如果陷进去呢？"

"一陷进去就出不来了，因为陷在泥里面，那个力非常大。最后一道措施，潜水器顶部还有一个浮力块，底下缠了一根缆，像我们这次去，缠了9000米长的一根。关键时候，螺栓通电一爆炸，那块浮力块就浮上去了。上面的人抓住缆绳，慢慢开动绞车，就可以把潜水器拉上来了。"

"现在的'蛟龙'号和去年的'蛟龙'号，有什么不同？"

"最大的不同就是作业能力大大提高，也就是说，海底资源的调查跟科学研究的能力大大提高了。很多人也在想，现在技术既然比较成熟了，为什么不直接冲击7000米呢？我们还是希望稳扎稳打，科学实践还是要一步一个脚印，在总结这一层面的经验上再跨到下一层面上，我想这样才是符合科学态度的。"

古兵记者再次转向观众介绍道："自从2009年第一次海试之后，因为身体条件不允许，徐总没能再随'蛟龙'号出海。虽然无法亲自前往海上进行现场指挥，可他却一点也不轻松，'蛟龙'号遇到的各种难题随时需要他的技术指导。"

继而，他又与徐芑南攀谈起来："其实，有时可能您身在这里，心还是在海上？"

"那我当然心全都挂在那里。总师办每天给我一封电子邮件，详细叙述海上的情况。"

"您最担心什么？"

"最担心什么？哪怕一个螺帽没拧紧，都是很大的问题啊。"

"您每天的心都揪着？"

"我每天最要紧的就是看这封电子邮件，一看就知道今天怎么样。'蛟龙'号最初设计的最大下潜深度为7000米，这也是'蛟龙'号最终冲击的下潜目标。"

"那什么时候潜水器要冲击7000米？"

"我们打算明年完成。一旦7000米都达到了，99%的海域就都能去了。这对海底资源，对将来我们的利用都很有利。5000米深度，我想应该说，我们的载人深潜技术走进了世界先进行列。假如到了7000米的话，那就是走在先进行列的前面了。"

"在未来的时间里，您还要继续从事这样的工作？"

"肯定要为明年7000米做准备。在这个过程中间，我一定会全身心投入的……"

全中国乃至世界瞩目的一天终于到来了！

2012年6月24日，在浩瀚的西北太平洋马里亚纳海沟海域，东经141度58.50分，北纬10度59.50分，"蛟龙"号载人潜水器开始正式冲击7000米深度。

早晨6时30分，大雨如注，海浪翻飞，现场指挥部和临时党委在"向九"船值勤甲板上，冒雨举行试航员出征仪式。

夜幕还没有完全退去，明晃晃的甲板大灯亮如白昼，一条写有"中国载人潜水器7000米海试试航员出征仪式"的大红横幅，格外光彩夺目。从2002年立项起至2012年第四年海试，经过了风风雨雨、坎坎坷坷，闯过了一道道难关，冲击7000米终于要将成为现实了！

现场指挥部和临时党委的所有成员，身穿蓝色的海试队服，头戴安全帽，整齐列队，久久注视着那横幅上的十几个大字，感慨万千，神情激动。

三位重任在肩的试航员：担任"蛟龙"号主任设计师、首席试航员的叶聪，时任中科院沈自所副研究员的刘开周，时任中科院声学所副研究员的杨波，站在队前，左胸前的五星红旗标志分外醒目，映照着他们年轻的脸庞。

总指挥刘峰脸色凝重而坚毅，向即将第一次冲击7000米深度的三位试航员做了简短动员，随即一挥手："现在我

宣布：试航员出发！"

现场指挥部、临时党委成员与三位试航员一一握手，紧紧拥抱，此时没有了言语，只是用手在他们的背上重重拍了几下。

这是重托，也是祝愿。

三位试航员健步登上维护平台，依次进舱。主驾驶叶聪最后一个进去，特意回身招了一下手，显示出一定要完成任务的信心和决心。

雨虽然很大，但所有送行人员没有撤离现场，各个岗位继续按照部署开展工作。随着一系列精益求精、万无一失的操作，各项程序都在有条不紊地进行着。

11时25分（北京时间9时07分），深海中传来了主驾驶叶聪的报告声："'向九'！'向九'！'蛟龙'号于北京时间2012年6月24日9时07分，下潜到马里亚纳海沟7020米深度，成功坐底。潜航员叶聪、刘开周、杨波祝愿景海鹏、刘旺、刘洋三位航天员与天宫一号对接顺利！祝愿我国载人航天、载人深潜事业取得辉煌成就！"

好啊！这是中华民族昂首挺胸的时刻！

这是华夏儿女扬眉吐气的一天！

与此同时，在北京，在国家海洋局八楼上，"蛟龙"号海试陆基保障中心指挥室里，徐芑南的眼睛一直凝视着直播大屏幕，连眨都舍不得眨一下。

当他看到"蛟龙"号的水下航迹定格在7020米海底，听到首席试航员叶聪响亮的报告声的时候，两颗滚烫的泪珠顿时涌出眼眶，悄悄地滑落下来……

年纪最大的当选院士

冬去春来，又是一年芳草绿。

随着载人潜水器"蛟龙"号的海试成功，我国一跃成为世界上第五个掌握深海探测技术，能够载人进入千米海底科学考察的国家！设计研制"蛟龙"号的研发团队，也得到了党和人民的高度评价与褒奖。

2010年6月，徐芑南被评为"2009年度全国海洋行业优秀代表人物"。

2010年12月，徐芑南被评为"科学中国人年度人物"。

2013年5月，中共中央、国务院授予下潜到7000米深度的叶聪等8人为"载人深潜英雄"称号，总设计师徐芑南等19人被评为"海试先进个人"。

2013年12月,"蛟龙"号载人潜水器研发团队荣获"中国年度经济人物创新奖"。中船重工第七〇二研究所所长翁震平、"蛟龙"号载人潜水器总设计师徐芑南和潜航员叶聪作为团队代表,接受了"神九"航天员景海鹏和刘旺为他们颁发的奖杯。

2013年12月19日,又一个喜讯传来了!

两年一届的中国科学院、中国工程院院士增选名单揭晓,徐芑南榜上有名!

这一次,中国科学院产生新院士53名,外籍院士9名;中国工程院产生新院士51名,外籍院士6名。新当选的51位工程院院士中,最小年龄48岁,最大年龄77岁,平均年龄56.9岁。而这位最大年龄的院士,就是徐芑南。

院士制度源于欧美。古希腊传说中有一位拯救雅典免遭劫难而牺牲的英雄,名叫Academy,希腊人为了纪念这位智慧勇敢的英雄,建立了一个以此命名的幽静园林。受其感动的学者和学术团体纷纷在园内讲学，进行自发的学术活动。1666年，法国成立了皇家科学院，到科学院工作的著名科学家首次被称为"院士"。此后，英国、德国、俄国、美国等科学院也纷纷使用"院士"称号。"院士"，已经成为学术界给予科学家的最高荣誉称号。

1955年，中国科学院选聘院士（时称学部委员，1994年改称院士）233人，华罗庚、苏步青、郭沫若、李四光、竺可桢、茅以升等46位著名科学家进入新中国第一批学部委员的行列。根据院士章程，凡在科学技术领域做出系统的创造性的成就和重大贡献，热爱祖国，学风正派，具有中国国籍的研究员、教授或同等职称的学者、专家（含居住在香港特别行政区、澳门特别行政区、台湾省，以及侨居他国的中国籍学者、专家），均可被推荐并当选为中国科学院院士。后来，我国又设立了中国工程院院士，评选工程技术方面的专家担任院士。中国科学院院士和中国工程院院士，也简称为"两院院士"。

由此可见，能够当选院士，相当不容易。它是国家科学技术殿堂上的璀璨明珠，它是从事科学研究和工程建设人士的人生高峰。当然，许多科学家、工程师呕心沥血并非是为了当院士，但能够获得"院士"称号，还是显示了他们的学术成就和地位。

此前，徐芑南所在的七〇二研究所已经有两位院士，一位是曾经当过院长的吴有声，另一位是学养深厚的徐秉汉。这一次，徐芑南在退休六年后又重挑大梁，出任7000米载人潜水器项目的总设计师，带领整个团队打了一个漂亮仗，历经十年，终于研制出了"蛟龙"号。由于成果过硬，徐芑南也一举获选为中国工程院院士。

12月19日这一天，当中国工程院网站上率先公布新选院士名单时，整个七〇二研究所沸腾了！所长翁震平、党委书记蔡大明率先打来电话祝贺，机关办公室、科技处组织一帮年轻的硕士生、博士生，敲锣打鼓放鞭炮："咚咚呛，咚咚呛""砰——啪——"还有一些同事朋友，邀请他出席庆贺宴会，有关方面的领导们也准备前来看望他。

徐芑南呢，却一概微笑着谢绝了。

　　欣喜自然是欣喜，但他没有特别的激动，仍然像往常一样，与老伴方之芬来到办公室，继续着新课题的研究。

　　当记者打来电话约请采访时，他正紧张而有序地忙碌着。

　　"徐总啊，祝贺您增选为中国工程院院士！可否接受专访？"

　　"谢谢！不用了，我还有工作呢，有话咱们就电话里说吧。"

　　"那好吧。在这个荣耀的时刻，您是怎么想的呢？"

　　"哦，今天看到网站公布的名单，全所上下都非常高兴。这是对七〇二研究所全体同志工作的肯定，特别是对年轻同志的一种激励。我感谢大家的支持！"

　　"具体要感谢哪些人呢？"

　　"那就太多了！国家上马深潜项目给了我们这个机会，所里领导和同志们全力以赴，大洋协会组织全国科研院所大合作。简言之，这是集体攻关的成果，而我只不过做了分内的工作……"

放下电话，徐芑南心里翻涌起层层波澜：自1958年从上海交大造船系毕业进入中船重工第七〇二研究所，他一生都在同海洋打交道，与中国水下运载器的设计研发结下了不解之缘。他从未想到此生还有机会当选院士，可在年近八旬之时，院士的殊荣竟意外地飞来了！不过相比而言，他更加看重"蛟龙"号载人潜水器海试成功之后，又在今年顺利完成了试验性应用航次。他没有丝毫"船到码头车到站"的感觉，因为创造一个让海洋科学家真正好用的深海科研平台，是他和他的团队的光荣与梦想。

要说感谢，实际上在徐芑南的心里，有一位特别想感谢的人，那就是他的老伴——方之芬女士！十一年前，已经六十六岁的他放弃了在国外颐养天年的生活回到祖国，参加了"蛟龙"号的研发试验，是老伴时刻陪伴着他，既打理着他的生活，又做他的科研助手。前面说过，徐芑南患有高血压、心脏病，那个时候，每一个夜晚，只要听不见老伴的呼噜声，方之芬就会非常紧张，会马上摸一摸他的脉搏，听一听他的心跳。

　　在研发过程中，徐芑南的右眼突然视网膜脱落，只剩微弱的光感。若是纸面资料，他还能用高倍的放大镜一个字一个字地看，可实验室里的那些仪器和电脑上的数据，就几乎什么也看不见了。这时，还是他那相濡以沫的妻子站了出来。她把一个一个的数学公式，把深奥的海量数据，把精密的推算过程，一点一点地念给他听。

　　徐芑南则一边用耳朵听，一边用脑子记，这样一念一听，就是十度春秋……

第七章

为「蛟龙」号继续做点事

精彩的励志演讲

天高云淡，金风送爽。

2012年9月9日，坐落在上海市闵行区的上海交大体育馆内喜气洋溢、气氛热烈，新生开学典礼正在这里隆重而热烈地举行，一万多名学生和家长代表坐满了硕大的场馆。

时任校党委书记马德秀、校长张杰等领导全部出席，同时还请来了一位特殊的客人，他就是上海交大1958届造船系校友、中国载人潜水器"蛟龙"号总设计师徐芑南。

这一年，他和他的团队研制的"蛟龙"号，一举达到了深潜海底7000米的设计目标，获得了圆满成功！鲜花与掌声纷至沓来，四面八方的邀请函雪片似的飞舞，有新闻媒体指名道姓地采访，有各地各单位联系前去做学术报告……徐芑南虽然年近八旬，但始终保持着清醒的头脑，非常珍惜宝贵的时间，用他的话说，就是要"为'蛟龙'号继续做点事"。

当上海交大盛情发来请柬，请他前去参加新生开学典礼及励志讲坛活动时，徐芑南毫不犹豫地答应出席。因为上海交大是他的母校，是培养他成为一名船舶工程师的摇篮，重回母校，让他充满了期待和感怀。

这天早晨，徐芑南在老伴方之芬的陪同下，来到了阔别五十余年的母校。

开学典礼在一阵洪亮庄严的国歌声中开始。

徐芑南与年轻的同学们站在一起，满怀豪情，引吭高歌。

身为中科院院士的张杰校长为2012级新生做了题为《闻道、问道、悟道》的精彩演讲。随后，学校党委书记马德秀请徐芑南学长上台，郑重地将他介绍给大家。同时，她还拿出一份特殊的礼物——两份成绩单：一份是徐芑南从南洋模范中学进入上海交大的入学考试成绩单，另一份是他从上海交大造船系毕业时的考试成绩单。

真是意外之喜！徐芑南接过来，轻轻地抚摸着已经发黄的成绩单，一时感慨万千。他似乎又回到了当年在交大求学的岁月，回到了自己风华正茂的青年时代，眼眶里涌上来一阵热潮。

他想起了当年流行的一部苏联小说《钢铁是怎样的炼成的》主人公保尔·柯察金的一段名言：

"人最宝贵的东西是生命，生命属于人只有一次。人的一生应该是这样度过的：当他回首往事的时候，他不会因为虚度年华而悔恨，也不会因为碌碌无为而羞耻；这样，在临死的时候，他就能够说：'我的整个生命和全部精力，都已经献给世界上最壮丽的事业——为人类的解放而斗争。'"

是的，那个年代的徐芑南与所有有志青年一样，把这

段话抄在笔记本上，印在心扉上。如今，回顾自己的人生之路，他确实无怨无悔，真正践行了奋斗的誓言。

徐芑南抑制住奔涌的情感，点点头，欣慰地笑了。

他说："这份礼物太特殊了，太宝贵了。说真的，我早已忘记了当年的分数，但读书时的学号还一直记得呢！那是37023！"

"对！37023，大家请看，一点也不差！"马德秀书记高举起一张学生登记表，展示给全场，"这说明几十年来，我们的学长与母校心心相连啊！下面，请徐芑南先生给大家讲几句话。"

在一阵热烈的掌声中，徐芑南走到发言席前，面对着台下黑压压的新生以及家长代表，清了清嗓子，用带有江南口音的普通话讲了起来。

尊敬的马书记、张校长、各位老师、各位学弟学妹们：

大家好！

非常荣幸受邀参加母校2012级新生开学庆典，与在座的各位老师同行面对面交流。首先，我谨代表海内外校友向母校表示最崇高的敬意，向各位从海内外各地跨入大学校门的新同学表示衷心的祝贺和诚挚的问候！今天是你们人生的重要里程碑。对本科生来说，你们的人生才刚刚扬帆起航，从此，你们徜徉在知识的海洋之中，画下漫长的人生道路中最精彩的一笔；对研究生来说，今天同样是一个崭新的开始，迈入了这所知名学府的大门，你们勇攀科研高峰的挑战从此开始。

面对意气风发的你们，我不禁回想起五十九年前在母校求学的时光。1953年，新中国成立不久，百废待兴，我考入上海交大的船舶专业。我们这批造船系的莘莘学子，抱着保卫祖国的海疆，把舰船建设作为自己毕生事业的坚定目标走到一起来了。我们毕业分配基本都在舰船的设计、研究单位和造船厂，我被分配到了中国船舶科学研究中心。同学们都以交大人的要求，在各自的岗位上辛勤工作、无私奉献、努力拼搏，为发展我国的造船事业做出了很大成绩，有的还做出了突出贡献。我当年被分配到七〇二研究所，一直处在科研第一线工作，比大家幸运的是在退休后还能遇上个大项目，续写了我国载人深潜的纪录……

同学们，在这个金风送爽的九月，作为注入校园的一批新鲜血液，你们应该为成为交大学子而感到幸运，要继往开来，将"饮水思源、爱国荣校"的光荣传统发扬光大，让交大人的名字继续在史册上熠熠生辉。在交大度过的四年时光，必将成为你终生骄傲的经历和人生宝贵的财富！我们交大人是感到自豪的，但光有自豪感还不够，更要有责任感。选择了交大，也就选择了责任，要对自己负责、对交大负责、对国家负责。

最后再次祝愿大家学业顺利、生活愉快，如同蛟龙入水，在知识海洋中大展宏图！

谢谢大家！

又是一阵春雷般的热烈掌声，同学们纷纷表示：这是学校送给他们的最温馨的开学礼物。

张杰校长、马德秀书记走上来与徐苴南握手，迎回座位，并代表师生感谢他精彩的演讲和寄语。

徐苴南也感慨地回应道："今天，我觉得自己又年轻了几十岁啊！"

回到镇海

宁波镇海，一座有着灿烂光环的历史名城。

2014年11月，这里又热闹起来了，市科技馆、图书馆、展览馆和博物馆等场所，迎来了一位位须发斑白、德高望重的专家、学者、教授，其中就有徐芑南先生和他的夫人方之芬女士。

此前不久，当徐芑南正在七○二研究所的办公室里忙碌的时候，几位陌生而又亲切的客人登门造访了。原来，他们是宁波市镇海区科技局、科协的工作人员，前来邀请他参加宁波第八届学术大会，顺便回家乡看一看。

"这是好事啊！"听到来自故乡的邀请，徐芑南不禁心头一动，"我是镇海人，可从小就来上海了，这些年还没回去过呢！"

"家乡人也都盼望着呢，请您一定来啊！"

于是，2014年11月12日，徐芑南偕夫人方之芬专程来到了阔别几十年的故乡。一下车，老两口就被镇海区科协的陪同人员接上了，按计划，他们先去参观位于宁波市镇海区的宁波帮博物馆。站在博物馆大门前，徐芑南院士一开口竟是浓重的宁波腔。

这让大家喜出望外："徐老，这么多年，您还没有忘记家乡话啊！"

"虽然没有机会回来，但我对家乡的印象和感情一直很深。"

走在博物馆展厅里，徐芑南夫妇跟随着讲解员边走边看，仿佛沿着时光隧道走入了历史。来到港口航船展板前，一位年轻的讲解员开始介绍南方海船与北方河船的区别。徐芑南默默听完后，说道："我就是学造船的，搞了一辈子船舶，对这个还算熟悉，侬（你）讲得很对，谢谢侬（你）为我做讲解。"

接着，他凑上前，细看展板上的文字，问："这是一首诗吗？"

"也算是吧，这是当年的宁波民谣。您看：来发来发讲啥西，讲啥西讲啥西，讲出事体糯欢喜，糯欢喜糯欢喜……"

徐芑南来了兴趣，一边看着展板，一边用当地方言跟着念起来："红膏枪蟹咸咪咪，大汤黄鱼摆咸机，天封塔，鼓楼沿，东西南北通走遍……"

大家情不自禁地鼓起掌来，为他那份浓浓的桑梓情怀而感叹。

第二天，在参加了市、区的有关科技活动之后，徐芑南夫妇应邀来到宁波市镇海区骆驼中学，与师生们见面。之后，徐芑南还做了一场《"蛟龙"号与科技创新》的科普报告。

这所学校创建于1956年，始称"镇海县第三中学"，第二年迁址于骆驼桥东的西柘墩庙，因而得名骆驼中学。每年每学期邀请名家大师前来讲课，已经成为骆驼中学的传统项目。这不，学校领导得知，镇海籍的院士徐苣南回家乡了，立即盛邀他来做一场深入浅出的学术报告。

骆驼中学初一、初二的四百多名学生，早早在大教室里坐定。如同花骨朵儿一般含苞待放的少男少女们，仰着红扑扑的脸庞，认真聆听着徐爷爷的讲座：

"同学们，我们镇海是典型的海滨城市，大家对海洋一点也不陌生，对吧？可是，你们看到的只是近海浅海，甚至连颜色都不是真正的蓝色，只是三江口混杂的浑黄色；至于深海海底是什么样子，你们可能就不知道了。那么，今天我来告诉你，我们的'蛟龙'号就是专门探测海底世界的。大家知道'蛟龙'号吗？"

"知道！我们在电视上看到了，它是载着科学家到海底考察的。"几个学生抢着回答。

"对，'蛟龙'号每分钟下潜40米左右，潜航员从观察窗看出去，开始还能看清海水的蓝色，后来越来越深，200米以下基本上就是一片漆黑了，偶尔窗外还会划过一些发光的海鱼、磷虾之类的生物，像流星雨，但没有那么快，也像夏夜田野里的萤火虫，一闪一闪的。此外，有时候还会遇到'下雪'呢！可能，有同学会有疑问了：深海里也会下雪吗？实际上不是真的雪，那是一片白花花的浮游生物，以及甲壳类生物脱皮落下来的，就像冬天的雪花一样飘飘洒洒的。深海科学家给它起名叫'海雪'，英文也是'海雪'的意思，在漆黑的海水里显得特别白。"

"徐爷爷，海水里一片漆黑，那潜水器下潜不开灯吗？"

"不能开！因为有些海洋生物有趋光性，看到潜水器的灯光可能冲过来。国外曾经发生过这样的事，有一次，潜水器开着灯，竟然遭到一条大鱼的冲撞，差点把观察窗撞破了。只有当潜水器悬停或坐到海底后，潜航员才打开舱外灯工作，光亮能照出十几米远。这时，潜航员再操作潜水器以一两节的速度慢慢前行，观察地形、生物和矿物。同学们，请想一想，几千米的深海里有鱼有虾吗？"

"没有！"一个学生站起来回答，"因为海底照不进阳光，就不会产生光合作用，就没有生命存在。"

"不错，有些书上就是这样讲的。过去，人们认为阳光照不到600米以下的海水里，那里是没有生命的世界。20世纪，美国人利用'阿尔文'号深潜器，在海底发现了热泉生态系统。他们看到了热液口和黑烟囱，了解到高温状态下冒出硫化氢也可以合成有机物供养生物，从而为小鱼小虾提供了食物，而它们又成了大鱼大虾的食品，就形成了另一个食物链和另一套生命循环系统。这就是深海潜水器发现的。你们看，它的作用有多大！在'蛟龙'号5000米级海试时，我们的潜航员还采集到一个深海海参呢，有三四十厘米长，在灯光下通体发蓝，几乎透明，漂亮极了！如果放到水族馆里展览是很好看的。可惜的是，抓上来后，它就死了。因为那是几千米深的海底生物，随着潜水器的上浮，压力减小，就像我们人类不适应水下压力一样，它是受不了无水压的环境啊！"

"唉，太可惜了。"同学们发出一阵惋惜声。

继而，又有同学问道："海底地形是什么样的？有山吗？有植物吗？"

"海底与陆地上差不多，有平原、沙漠，也有海山，还有深不见底的裂沟。但是没有植物，生命体只是动物或者浮游生物。此外，海山上下埋藏着丰富的锰结核、富钴结壳等矿产资源，如果开发利用，会极大地造福人类……"

不知不觉中，一个多小时过去了，同学们被徐爷爷的精彩报告深深吸引住了，不时地提出一个个好奇的问题。徐芑南院士耐心而风趣地回答着。最后他说："深海的奥秘，等着我们去探索；深海的资源，等着我们去开发；深海的装备，等着我们去发展。建设海洋经济强国，任重道远，你们一定要好好学习，因为只有你们，才是我们国家科技进步的希望！"

报告会在一阵阵热烈的掌声中结束了。

当校长紧握着他的手表示感谢时，徐芑南从夫人方之芬手中接过一个纸盒子，送到校长手上："为了家乡的孩子们更加热爱海洋、热爱科学，我今天还带来了件礼物送给学校。"

说着，他一点一点打开纸盒，原来是一件做工精巧的

"蛟龙"号潜水器模型。它，红白相间，前面长着一个宽大的额头，后面是斜插四片舵板的尾巴，宛如一条小鲸鱼似的，镶在有机玻璃罩里。那模样，那姿态，好像随时准备下潜。

同学们惊喜地欢呼着："这就是'蛟龙'号，太漂亮了！"

"是啊，与电视上一模一样，就是小了点。"

"这是模型，按比例缩小的，真家伙半间教室也装不下啊！"

"太珍贵了，太珍贵了！"

徐芑南院士的报告为孩子们打开了一扇窗，通过这扇窗，他们看到了海洋。

这是知识的海洋，这是未知的深海。

初二（3）班的学生金子纯代表大家向徐爷爷表达了此时此刻的感想："通过今天的讲座，我学到了很多海洋探测的知识，对海洋有了更多的了解。今后，我们会更加认真学习，将来也要为国家做贡献。"

一颗种子在同学们的心中埋下了，总有一天，它会长成参天大树的。

　　徐芑南院士望着他们，欣慰地笑了……

后 记

照耀人心的中国精神

"呜——"一声汽笛长鸣，搭载着我国深海载人潜水器"蛟龙"号的"向九"科学考察船，缓缓离开了港口，驶向新的蔚蓝色征程。

　　船上船下一片欢声笑语：

　　"祝你们一路平安，早日凯旋！"

　　"放心吧，我们一定不负重托，坚决完成深潜科考任务！"

　　甲板上高扬的五星红旗和"蛟龙"号科考队的队旗，在海风中猎猎飘舞着；尖尖的船艏像一页犁铧劈开万顷碧波，飞溅起两道洁白的浪花涌向船尾。几只海鸥尖叫着飞过来，好似依依不舍的"亲友"，送了一程又一程……

执行新年度深海科学考察任务的"蛟龙"号，又一次起航了。码头上，刚刚举行完一个热烈而隆重的欢送仪式，背景板上标有"欢送'蛟龙'号"字样和一幅硕大的蛟龙卡通画像。

科考船渐渐走远了，站在岸上送行的人们还舍不得离去，不停地挥舞着手中的小旗和花束，大声喊着："再见，再见了！"徐芑南久久地站在那里，望着远去的"蛟龙"号，眼睛不由地湿润了。

说来有缘，2014年中国作家协会选派一名作家跟随"蛟龙"号，远航西北太平洋去科学考察、深入生活，因为管理使用潜水器的国家深海基地就设在青岛，而我又是生活在这里的作家，便幸运地入选了。由此，我走近了"蛟龙"号团队，结识了德高望重的徐芑南院士。

本来，我们那次计划四十天的科考任务，不料航程中遭遇了三次台风，不得不避风绕行，整整推迟到第五十七天才安全返航。虽说吃了不少风浪颠簸之苦，但真实地体验到了海洋科学家的艰辛生活，切身感受到了他们的奋斗精神。这是永远值得弘扬与传承的中国精神！

在这期间，我接到了中国报告文学学会常务副会长、著名文学评论家李炳银先生邀约，为希望出版社撰写一部讲述科学家真实经历的纪实作品。炳银先生眼光独到，他知道，我跟随"蛟龙"号去太平洋了，肯定有丰硕的收获。尽管手头杂事不少，也十分繁忙，但我毫不犹豫地应允参与，决心把握好这个机会认真写作，讲好"蛟龙"号总设计师徐芑南院士的故事。

"少年智则国智，少年强则国强，少年雄于地球则国雄于地球。"事实上，少年时期心志的磨炼，对一个人的健康成长，对一个国家的前途未来至关重要。

徐芑南院士和他所带领的"蛟龙"号团队，奋斗事迹是真实过硬的，精神品质是难能可贵的，完全可以作为青少年学习效仿的人生榜样！应该说，通过阅读徐芑南院士的故事，今天的少年朋友们会更加了解现实社会，增强身为中国人的自豪感，从而好学上进、立志报国。

若如此，笔者就十分欣慰了！

主编简介

　　李炳银：陕西临潼人，生于1950年。1970年加入中国共产党，1975年毕业于上海复旦大学中文系。现为中国报告文学学会常务副会长，中国作家协会研究员，《中国报告文学》杂志社主编。

作 者 简 介

　　许晨：山东德州人。中国作协会员，山东省作协副主席，中共党员。文学创作一级。著有长篇报告文学《居者有其屋——中国房改纪实》《人生大舞台——样板戏幕前幕后》《血染的金达莱》《钢铁铸造的岁月》《第四极》等。

图书在版编目（CIP）数据

"深潜"院士："蛟龙"号总设计师徐芑南的故事/许晨著；
李炳银主编.—2版.—太原：希望出版社，2017.7（2022.3重印）
（中国精神·我们的故事）
ISBN 978-7-5379-7764-7

Ⅰ.①深… Ⅱ.①许…②李… Ⅲ.①报告文学—中
国—当代 Ⅳ.①I25

中国版本图书馆CIP数据核字(2017)第178868号

「深潜」院士
——「蛟龙」号总设计师
徐芑南的故事

李炳银/主编　　许　晨/著

出 版 人：王　琦
项目策划：田俊萍
责任编辑：田俊萍　段晓楠
复　　审：张　平
终　　审：李　勇
美术编辑：韩开文
照片提供：国家海洋局
装帧设计：山西天目文化传播有限公司
出版发行：希望出版社
社　　址：山西省太原市建设南路21号
邮政编码：030012
经　　销：全国新华书店
印　　刷：三河市金兆印刷装订有限公司
开　　本：889mm×1194mm　1/32
印　　张：8
版　　次：2017年8月第2版
印　　次：2022年3月第4次印刷
书　　号：ISBN 978-7-5379-7764-7
定　　价：25.00元（平）